青少年求知文库
QingShaoNian QiuZhiWenKu

让青春更阳光

李佳格　编

吉林人民出版社

图书在版编目（CIP）数据

让青春更阳光 / 李佳格编. —长春：吉林人民出版社，2010.7（2021.3重印）
（青少年求知文库）
ISBN 978-7-206-06893-5

Ⅰ. ①让… Ⅱ. ①李… Ⅲ. ①散文—作品集—中国—当代 Ⅳ. ①I267

中国版本图书馆CIP数据核字(2010)第120662号

让青春更阳光

编　　者：李佳格
责任编辑：王一莉
吉林人民出版社出版（长春市人民大街 7548 号　邮政编码：130022）
印　刷：三河市燕春印务有限公司
开　本：700mm×970mm　1/16
印　张：13　字数：110 千字
标准书号：ISBN 978-7-206-06893-5
版　次：2010 年 7 月第 1 版　印　次：2021 年 3 月第 2 次印刷
定　价：39.00 元

目　录

成　材

汪国真

大处着眼，小处着手，这是成材的最基本方法。有一些人好高骛远，只热衷于标新立异，不屑于做那些看似微小的事情，这样，他永远只能是一个空想家。

环境对于一个人能否成材是重要的，古人云："地薄者大小不产，水浅者大鱼不游。"诚如斯言。

别人的嫉妒可以激励我们更加上进；别人的攻陷可以教会我们更加谨慎；别人的贬低可以使我们学的更加从容；别人的中伤可以使我们变得更加超脱。许多看似对自己很不利的事情，只要处置得当，不仅会使我们更加成熟，而且可以加快我们成材的步伐。

我喜欢竞争和挑战，这样有助于更大程度地发挥自己的潜能。

没有强有力的竞争，赢了也不光彩。

即便我们精神的财富像克罗伊斯物质的财富一样富有，也并不表明我们已经成材了。

对于精神财富，最重要的不在于贮存了多少，而在于运用了多少。

“怀才不遇”时，常有不为人识的苦恼；“木秀于林”时，常为风来摧之困扰。

成材者前方的旅途，不是大路是小道。

想成材的人，往往喜欢赶时髦；赶时髦的人，往往并不能成材。

成材需要独创。

对于一个已经成材的人，最容易把他毁掉的不是别人，而是他自己。

在顺境中成材，只要有足够的天赋和良好的教育就够了。在逆境中成材还需要有意志，对于一个意志坚强的人来说，逆境会使他平添风采，却不容易改变他成材的趋势。

未来，请不要失约

◎陈 勇

每一次抬头仰望黑夜，都想用视线拴住那流星般消逝的岁月；每一条沿着初衷盘旋而上的思路，都不想因为一块巨石的突然呈现而遭到拒绝，然而我们所置身的世界，不可能这么轻易地向我们胸中挥动的每种愿望倾斜，也不会因为谁对所发生的以及未发生的某种东西不甚理解，而将不忍看到的段落从眼前一一删节。

也许生命的存在本身就是一次理想对现实的狩猎。

多少次守望，等待时间走出记忆的巢穴；多少次梦呓，呼唤浪漫而美丽的音符撒满视野。划过云隙的鸟雀，把颗粒大的阴影投在我们心灵的疆界，于是我们便渴望飞翔，幻想以有力的翅膀去领略每一个季节。水中自由自在游荡的鱼，使我们的憧憬容纳了浩瀚的海洋，希图通过一朵小小的浪花，去探视那变幻莫测的蓝色世界。

是的，过去的祝福不容忽略，美好的理想从来都不会停歇。

哪怕从黎明穿过时，草尖上的露珠打湿我们多年的布鞋；哪怕成熟之后的落叶，无意中泄露我们涌动的血液。该做的都已经做了，如此坦然地走上通往下一个目标的大街，即使头顶之上正酝酿着一场风雪，又怎能将这条道路拦截？

未来啊未来，请不要失约！你看我的足迹，已遍及往日的每一页。

生命的绿意

王贵刚

北方三月。乍暖还寒。绿意隐约。

遥看向阳坡那片倔强的草地，街畔摇曳的柳枝，一抹嫩绿，一丝鹅黄……三月风传达大自然渐渐泛绿的情感，这番景象都是我们可以领会的睿言爱语……

然而，青春无季。生命的绿意不只在三月显露，不用说松柏的坚韧，不用说秋菊雪莲的独傲，真挚地生活真挚地爱，那便是你心中永驻不凋的绿意。

生命的绿意是这样铸成的：任岁月无情，你童贞如初心热如初；任羁旅劳顿，你不歇不辍一如既往；任花季深深喧嚣纷攘，你只愿意默守一枝的宁静；群鸟圆润雨腻云香，你只在契合的旋律里撷取一种风流；纵然是寒凝天边的落雪之夜，你仍无怨无悔以赤烫之浆浇灌不死的信念塑造活人的筋骨。

生命的绿意是这样赢得的：不强求似花的娇艳，却拥有新鲜活泼的内质美丽；不强求占有的富足，却拥有亦歌亦哭的饱满情怀；不强求呼朋引伴飞花醉月的浮华，却拥有淡漠中的每一个日子；珍惜自己聚散的小小收获，也不强求曾经的沧海巫山；何妨迁移，湿润的泥土总有眷恋久长；纵然是亦风亦雨的阴晦之夕，你也不能辜负已然开启的心愿，因为前面等待你的是无法拒绝的初夏的辉煌。

朋友，你已有了这样一个出色的开端，那么留下你对春天的宣言，朝前走：让山光水色去清秀它们自己吧，让人群从远处走来或从身边擦过吧，我只以生命独有的绿色答复对生活的谢意。

品味遗憾

张玉庭

遗憾，字典上的解释是“不称心”，“大可惋惜”。既然如此，难道遗憾也值得品味？

是的，遗憾可品且意味极深长，不信请细品，如果没有父母双亡寄人篱下的遗憾，能有林黛玉那悲悲切切的诗文吗？再试想，如果《红楼梦》的结局果真是宝哥哥娶了林妹妹，满意得让人倒胃口，那还能叫世界名著吗？

原来，人生所有的悲剧都是在展现遗憾：荆轲刺秦王，遗憾，偏偏没刺中；普罗米修斯为人类盗来火种，遗憾，偏偏被宙斯钉在高加索的山崖上；屈原忠心耿耿，遗憾，偏偏碰上个昏庸的楚怀王；岳飞挥师北上正欲直捣黄龙府，遗憾，偏偏被十二道金牌招回了临安！靳开来以自己的血肉之躯为大家开路死得悲壮，遗憾，却偏偏没得半个军功章！

不是吗？细品上述这些遗憾的人，无一不是崇高者，而且，当人们用自己的滚滚热泪对上述种种遗憾扼腕长叹时，不是正在展示着一种人世间的最纯真最崇高的情吗！

应该说，人人皆有遗憾，人生必有遗憾，为什么？因为人人都有理想，而理想的最大特色就是高于现实，也正因为如此，现实的人才会在理想的门外久久徘徊，流连忘返！也许，这个追求理想的现实的人至死也未能叩开理想的大门，但，只要他追求过，奋斗过，拼搏过，他就无愧于人生！如果说这就是遗憾，那么，正是它，在闪耀着阳光一样的辉煌的亮色！

让我们的生命进入一种积极追求的辉煌状态吧！尽管并不是所有播种都意味着收获，尽管并不是所有的追求都能绽开花朵，但正如朱光潜老先生说的："倘若件件事都尽美尽善了，自然没有希望发生，更没有努力奋斗的必要。"因此，我们可以认定，遗憾乃是人生的一种必然，既然如此，何必拒绝遗憾！

用好今天

李含冰

一个女孩不顾父母和亲友的劝阻，带着亲友们凑集的加上一大笔借款南下“闯海”。然而，幸运之神并没有光顾这个女孩，她赔了个精光。

她站到了一座五十多层的大厦顶上，想化作一朵无痛苦无烦恼无心理重压的悠悠白云，在万里晴空中随意飘动。晨风掀动着她的一身洁白的衣裙和一头瀑布般的黑发，轻抚她流溢着青春色彩的脸庞。在迈出走向大厦顶端边缘的最后一步时，她抬起头向东方看了一眼，恰巧看到初升的太阳又圆又大又红又亮，那数不清的万道金灿灿的霞光，是那么鲜亮，那么耀眼，那么动人。那一刹那，她感到燥热的心情爽了许多。太阳每天都是新的，人的心情每天也都是新的。抓住今天也许会有新的机遇，我为什么抱住昨天的失败不放而弃着今天的机遇不用呢？于是，她毅然地转回身，回到了洒满阳光的那座她曾一度渴盼投入到它怀抱的城市大街上，在新的一天的心灵田野上开始新的播种。如今，从失败中崛起的她，已是一家私营大企业的总经理，拥有几百万元的固定资产。面对成百上千封写给她的请教事业成功“秘诀”的女青年的来信，她的回答只有一句话：在失败的时候要告诫自己，太阳每天都是新的，人的心情每天也都是新的，还有成功的希望在前边，要大胆地去寻找。

愚昧的人陷入昨天的苦痛中“软化”自己的脊骨；明智的人看重今天珍惜生活赠送的新机遇。我们常常不是失败在昨天，而是失败在没有很好地利用今天。熔炼昨天，我们可以把不需要的记忆忘却；用好今天我们可以寻找到的一个新的向前延伸的成功的“亮点”。

对于每位有追求的人来说，可能会有许多个应该熔炼的昨天，也都有许多个萌发希望的今日。把一个个今日穿在一起，就是一条动人的亮丽多姿的希望彩链。

人的心情每天都是新的，重要的是善于捕捉到这种奇妙的感觉，那是重新开发自己生命的动力。

一个学习绘画的女孩，每天早上都要画一次初升的太阳。她说：那是零的起点，昨天的败笔我留给了昨天，今天我又开始了新的起步。她终于成为一个颇有成就的女画家，她的美术作品多次获奖并远传到国外。

我们都有许多从零起步的新的机会。

希望是磁石，人生如铁。

失败是成功的幼芽。

竞争人生

陈大明

每天早晨，羚羊睁开眼睛，所想的第一件事就是：我必须跑得比最快的狮子还要快，否则，我就会被狮子吃掉。而在这时，从睡梦中醒来的狮子，它的脑海里闪现着这样一个念头：我必须能追上跑得最慢的羚羊，否则，我就会饿死。

于是，羚羊和狮子一跃而起，迎着朝阳奔跑，就这样，新的一天开始了。

这就是顽强的生存，这就是残酷的竞争。如今，时代为我们展开了一幅全新的画卷，画卷上是一片辽阔无比的草原。我们成了草原上的羚羊或狮子，我们时时面临着生存的危险。

“技术落后”、“下岗分流”、“管理跟不上”、“产品陈旧”、“进程太慢”……诸如此类的词语间或出现在报刊，刺痛着我们的双眼。我们恨不得做个“超人”，与自己竞赛：今天比昨天强；与别人抗争：比学识论能力；与时代齐驱：跟上改革步伐，适应社会需要。

于是，你自学考试，我下岗卖馒头，他出国进修，日益激烈的竞争，把我们推向了海的潮头！

的确，聪明的人总能把事情想得比别人早一步，而杰出的人总是比别人早迈出了这一步。美国人雷·洛克说：“我不可能抛锚，在我年轻的时候，只要能跑，我尽量跑最快；如今我老了，我只能走，但我力求走得最快，否则，思想就会僵化，就会被社会淘汰！”69岁的雷·洛克已是某公司董事长兼首席主管，仍活跃如往昔。他还说：“我们需要的是把全部力量投入到与别人竞争之中去的人，如果他的理想只是停止于眼下能养家糊口，日子过得安适悠闲，我们就不需要他。”

放眼世界，发达国家已把我们落下了一大截，他们就像一只张着大嘴的狮子，时时向我们扑过来，当然，我们不应该如羚羊一样逃跑，而是要迎头赶上去，加大自身的力量，与他们抗衡！

在国内，机构的改革，生产效率的提高，需要的是学识高、能力强的人才，这就要求我们锤炼生存意志，提高适应能力，更新思想观念，发掘更大潜能，跟时代赛跑，与别人竞争！

是羚羊就得跑过最快的狮子。羚羊与狮子在大地间奔跑的情景，绮丽而壮观，激动人心而又扣人心弦。

让梦想飞翔

臧　毅

春天的花秋天的果，没有梦想的日子你怎么过？

小时候睁着双新奇的眼睛把当天文学家的梦想偷偷向蓝天诉说。慢慢长大了，你暗暗握紧了小拳头，直到大学毕业，你还在表决心，我要为之奋斗！

还有很多青年朋友在很小的时候就有各种各样的梦想，做文学家、当演员、参军、读研究生……梦想让你膜拜星空，梦想助你涉过坎坷，梦想使你热血沸腾，并且走到今天。

可不知在哪天——或许是在你的姓名被高考中榜的消息遗落了的那天；或许是在你怀揣毕业推荐表四处受冷落的那一天；或许是在下岗后徘徊在寂寞街头的那一天；又或许是在洪水冲垮了你的家园的那一天……你对这个世界越来越灰心，对自己越来越悲观，你无数次地问自己：曾经的梦想有没有错？

又不知从什么时候起——或许是在利用父母的关系轻而易举地得到了一切时起；或许是在看到周围的伙伴都往钱孔里钻时起；或许是在唱完一首所谓的流行歌曲便得到了成捆的钞票时起；又或许听到别人说你“不合时宜”时起……你对这个社会越看越复杂，对自己越来越陌生，你终于发现：曾经的梦想已走得太远太远……

它还会回来吗？就像冬天过后春天重返；它还能飞翔吗？就像秋归春来的燕子的翅膀。你是多么渴望，就像分手的恋人梦想再携手。

你开始觉得空虚，无聊的落寞，甚至绝望、消沉，无所依托。

看吧，这是可怕的时代病。年轻的朋友，千万别轻易地把你纯净、美好和最初的梦想丢掉。

让梦想飞翔，在心里永远珍藏那份青春的美好和健康向上的向往。

让梦想飞翔，在心里永远保留那份执著的追求和热烈激越的愿望。

马活驰骋人活梦想。坚持梦想，让梦想飞翔，迎上风雨，奋力振翼，让最初的梦想成真！

18岁，毕竟美丽一场

◎ 梁 萍

18岁有瀑布般披肩长发青春的飘逸，有橄榄绿世界流行色风衣绰约的风姿，有深褐色高统靴款款踏响校园幽径时的矜持。

18岁，毕竟美丽一场。

18岁是向妈妈撒娇、索求的时节。远方的包裹会源源地邮来，也邮来许多教诲和隐忧。可18岁也是自信有余的年龄呵，对着家书耸耸肩，一脱口，溜出一句：“哎哟妈妈，你可不要对我生气。”

18岁的书，念得既轻松又费事，那凤凰涅槃可真悲壮，那周一的早上就坐在台前的老先生多么迂腐，那“关于什么什么的研究”多么可笑。18岁就是该啃书本的年龄，哎，啃吧——

常想若不考试岂不是件美差，可又要考了。收敛了翅膀，收敛了野性，捂着耳朵拼命地写呀答呀，考完了苦着脸怕论对错。一公布成绩，OK！

于是乎，结群搭伴叽叽喳喳出了校门，买巧克力买可口可乐买溜冰场上的旋舞与轻快。

贴有4份邮票的“白皮书”时常飘进了18岁的窗口。信封上的落款总是“内详”，或者干脆空白。第一个邮戳曾把18岁吓得不轻，以后再不。呵，18岁等待一颗征服者的心。

当然，18岁也把自己埋得很深，徘徊于思想之林，思索人生，自我，图腾……

18岁永远那么多梦与健谈，和“江姐”，和“双枪老太婆”，和焦裕禄，和雷锋，和王进喜，和爱因斯坦，和居里夫人，也和毛泽东、周恩来……

哟，18岁青春的坐标系上，永远是那么美丽。

今天

魏明双

喃，好一轮喷薄而出的朝阳！

天地之合，分娩出了又一个灿烂的今天。阳光，照亮了这大地，明媚了这街衢，娇娆了树的姿容，鲜活了人的心灵。

触景生情。联翩而至的一个个今天，每每让人生出与之拥抱的渴望。

不消说，我们每个人都是人生的画家。也许你把昨天涂抹得一片狼藉，也许你将昨天描绘得满目辉煌。而今天，是一幅被昨夜刷新的画布，是一次崭新的机会，任由你饱蘸激情，挥洒才智，把昨夜的梦幻变为神奇的画卷。

我们正作青春之旅。今天之于我们，犹如一叶从昨天渡向明天的小舟。我们不能搁浅于昨天的失意，或停泊于昔日的欣喜，希望在明天熠熠闪光。别以为，那是海市蜃楼，只要我们

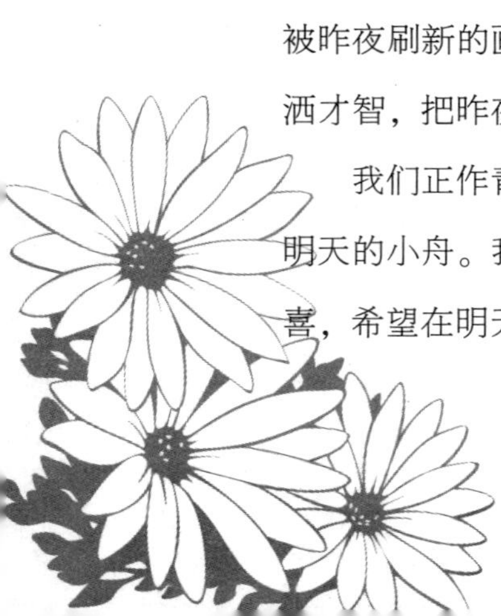

奋力划动理想和知识的双桨去追求，希望之光便会照亮心底的阴影，光荣我们的履历。

我们正置身人生的春季。今天，恰似一方位于我们脚下的土地。种瓜得瓜，种豆得豆。一分耕耘，一分收获，如若我们不在春天时播种、布谷，躬身耕耘，而只是哼着“明日歌”，从垄上走过，秋天时，也许能收获几缕杂草，几把空虚，却注定不会是丰盈的果实。

哦，今天，并非全都阳光灿烂，惠风和畅，但无论怎样，我们都不能轻易放弃。因为，只有拥有一串充实的今天，我们才会拥有一个饱满的人生。

走进7月

艾明波

走进7月，读一读夏日的颜色。

走进7月，看一看火红的季节。

身披一袭灿烂，心系一份执著，在无边的旷野遍尝鲜花的喧嚣，遍听清风的诉说，山也愉悦，水也愉悦。

静静地，在夏日小坐，悄悄地打开心锁，让所有经历过的日子从容地走去，把所有自己没有写好的章节坦坦荡荡地打开，还有被泪水浸湿的记忆，还有堆积于心之隅的那发霉的承诺……然后整理、晾晒，让这火热的季节庄严地圈阅。

翻开以往册页，忽然感觉，自己该写的地方却没有认真地去写，而不该写的地方却浪费了许多笔墨。人生或许真的不能承受这种无谓的消耗？或许真的不能再给我们一次机会去修补曾经的岁月？那么我们只有好好地对待我们的未来，好好地打扮我们面临的一切。

有风徐徐吹来，树影婆娑；有蝶翩然飞过，划出一道美丽的颜色。大自然的生灵都在这迷人的时辰尽现自己的风姿，展示自己的洒脱，而我们何以一味地坐在这里陷入永久的回忆之中将岁月的风铃摇落？要知道这个时辰属于耕作，这是一个用汗水注释人生的季节。

站起身来，抖掉前尘往事，也抖掉心中的落寞，用坚实的脚步去踏响今日的旋律也踏响明日的晨歌。因为我们必须以奋进的姿势不留给未来一丝遗憾，我们必须以成功的绚丽为生命增添一点亮色。

我们是祖国忠实的船员

◎ 吕 林

如果说我们的祖国是一艘巨大的航船；

如果说天安门广场的英雄纪念碑是这艘船的桅杆；

那么，我们党就是它的舵手，宏伟的四化建设就是它的帆。而我们13亿中国人民，就是它忠实的船员！

船员，要有坚定的信念。不管航程多么险峻，不管风云如何变幻，不管海浪怎样凶残，我们的决心不变！目标不变！航线不变！我们知道：害怕退却，没有出路；我们也知道：中途抛锚，又要耽搁时间；我们更知道：任其飘摇，就有触礁沉没的危险！

船员，要有无畏的精神，不能因为风吹船帆，浪打船舷，就束手无策；再不能因为雷击樯桅，雨泼甲板，就躲进船舱苟度安闲。勇敢的船员，勇于笑迎风浪；忠实的船员，敢于与船共度危安！

船员，要经得住考验，为了祖国的全速前进，我们应当时时自问：你是否拿出全部力量拼命划桨？你是否以百倍的勇气拉紧了绳张满了帆，要记住，在祖国这艘船上：指手画脚的，让人耻笑；偷懒卖呆的，是自我欺骗；见异思迁的，意味着对母亲的背叛。

风风雨雨，年复一年。我们的航船从昨天驶进今天：21世纪的海域，决不会风平浪静！怎奈百慕大的潜流，大西洋的风暴，把我们阻拦！

希望在前！因为我们有自己的舵手！

胜利在前！因为我们是祖国忠实的船员！

祖国，我是您的一个公民

杨绍球

那一天，当我们欣喜自己拥有青春的同时，我们更欣喜我们拥有了祖国授予的那张身份证。于是，我们曾千百次地在心里说——祖国，我是您的一个公民。

如那群小鸟，千百次地歌唱飞翔；如那丛花朵，千百次地吟咏开放。我们曾千百次地渴望长大，长成如您江南绿水的神韵，长成如您北国青山的体魄。祖国啊，今天，您第一个为我们作证，作证我们拥有的不仅仅是18岁，还有一个共和国公民的身份。

我们已经记住了前辈的殷殷嘱托，我们已经记住了哥哥姐姐们的谆谆教诲。我们曾说，青春应该拥有无数意识——“忧患意识”、“竞争意识”、“危机意识”、“开拓意识”……但今天，我们深深感到，我们青春首先应该具有一个公民意识。

祖国，我是您的一个公民。

当我们的青春拥有了一个共和国公民的身份，祖国，我们的前途，我们的命运，我们的奋斗，我们的追求……一切一切都与您丝丝相连，缕缕相扣。当我们的青春拥有了一个共和国公民的身份，也就拥有了一个共和国公民的职责。

为祖国而战斗——南疆卫士的回答是我们的回答；为祖国而拼搏——女排队员的誓词也是我们的誓词。

我们曾目睹无数离开泥土的小草，我们曾叹息无数脱离枝头的花朵，那大海里的滴滴水珠也曾告诉我们，如果我们离开您——祖国，将意味着什么？

我们骄傲我们已经拥有的青春年华，我们骄傲我们已经拥有的共和国公民身份。

祖国，我是您的一个公民！

共和国三月

单　辉

有一位普通的矮个子战士，他说一口乡音浓重的湖南话。他没干过什么叱咤风云的事儿，只是学了“毛著”后记了一大摞笔记，只是雨夜送过老大嫂和她的孩子，只是带病推砖推出一身虚汗，只是少领了几套军装又总穿着带补丁的袜子……

然而，他却以春的名义，以共和国三月的名义，用他哲理般的诗章散句，在炎黄子孙的田里、血液里、思维里、神经中枢里，吟出了新绿。

的确，严冬从未放弃过吞噬春天的企图。至少，白霜也想“淡化淡化”景色。但是，有谁能够阻止共和国三月那矫健的步伐呢？

而今，那柳苞不是睁开了惺松的睡眼吗？那坚冰不是滴下了激动的泪珠吗？那燕子不是在向温馨的春风振翅吗？那江河不是在忘情地澎湃着激流吗？

而今，在共和国的三月，怎么可以做那冬眠的懒熊，抑或只知夸夸其谈的寒号鸟呢？让我们高举起雷锋的旗帜，献给我们事业一个火热的夏季吧，就像早晨那轮燃烧着的太阳！

而今，在共和国的三月，怎么可以被铜锈锈死纯真，让“拜物教”污染憧憬呢？让我们高举起雷锋的旗帜，在胸中矗一座巍峨的信仰丰碑吧！

而今，在共和国的三月，怎么还可以冷却亲情，冷却友谊，冷却我们民族最可宝贵的传统美德呢？让我们把对全体人民的爱全都承包过来吧，三月，理应在共和国永驻！

渴了喝什么？

◎ 张玉庭

渴了怎么办？答案似乎十分简单：喝就是了！

可是，喝什么才好，却远不是那么简单。

比如，“饮鸩止渴”就是一件玩命的事。叔本华就曾说过：“财富就像海水，你喝得越多，你就越感到渴！”再如《西游记》里的子母河水，老爷们儿喝了也会怀孕，猪八戒不加选择地逮住傻喝，喝了后果然有了喜，吓得他“魂飞魄散”！

那么，究竟什么才是最好的“饮料”？一个具有世界性的答案是：泉水。

不是吗？凡是用“泉水”做比喻的事物无一不具有美的属性，比如“知识好比沙石下的泉水，挖得越深，泉水越清”一句，便是这方面的代表。

同理，面对“书海”，读书人理应认真地选择。选好书读！

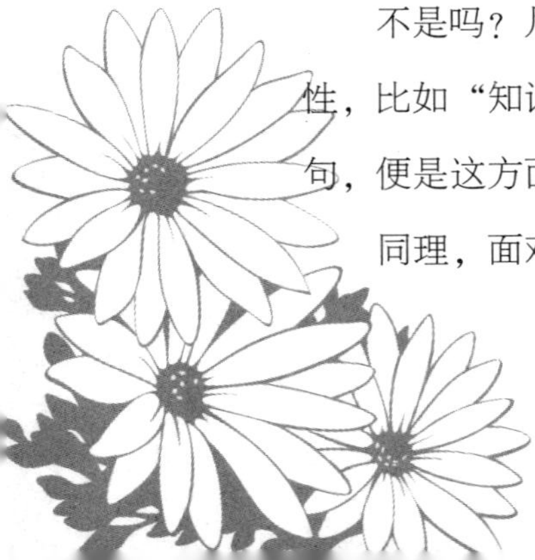

选有品位的读！切不可马虎！

行文至此，我还想起了法国拉伯雷写的《巨人传》，作品中的巨人刚一出世，就高声喊着：“我渴！我渴！”并一口气就喝掉了一万多头奶牛的奶。这以后，为了找到最好的饮料，他的儿子更是上下求索，并终于找到了梦寐以求的神壶，那神壶上的铭文便是：畅饮知识！畅饮爱情！畅饮真理！

啊！原来最好喝的是真理，是爱情，是知识！

好一个拉伯雷，给了我们一个多么深刻的答案！

既然如此，当您如饥似渴地读书时，一定要注意三点。第一，别乱喝；第二，选着喝；第三，别光是用嘴来喝，还得用“心”来喝。如此，既解了渴，又长了知识，岂不是大妙！

试试看!

魏明双

小平同志有句名言：看准了的，就大胆地试，大胆地闯……

诚然，试试看，并不等于成功在握，但是，不敢试或者不去试却绝对预示着成功无望。因为无论多么可喜的成功，第一步往往踏在“试试看”的跳板上。

事实上，我们中的许多人都有过这样的人生体验，譬如，你曾勇敢地跨越过一条宽阔的壕沟；你曾尝试着解开了一道复杂的方程；或者你曾尝试着完成过一项棘手的工作……可以说，我们正是从“试试看”起步，尔后一路风尘，跨越人生的丘岭沟壑，来到青春的芳草地。

展望前景，我们更应自觉地把“试试看”镌上我们青春的旗帜。

试试看——不是像企鹅那样静静地站在海边，翘首企盼机会的来临，而是如苍鹰一般不停地翻飞盘旋，执著地寻求。

试试看——不是面对峰回路转、杂草丛生的前途妄自嗟叹，而是披荆斩棘，举步探索。

试试看——不是囿于命运的禁锢，听凭命运的摆布，而是奋力敲击其神秘的门扉，使之洞开一个新的天地。

“试试看”，往往是一种开始，是一次转机；“试试看”，常常是对旧我的扬弃，是对未来的宣言；“试试看”每每是战胜自卑、大胆参与、走向成功的阶梯!

既然我们不安于苟且，既然我们希望生命燃烧而不是冒烟，既然我们想获得幸运，那么，面对山重水复的人生，我们就必须自觉而坚定地对自己说——试试看!

远航

◘ 王安雄

我很欣赏你，即便秋后，仍是一副天高气爽的模样。

你用太阳般金光闪闪的神眼示意我：尽情绽放色彩时，你是青年，那是你夏日的形象；显示成熟、趋于宁静时，你还是青年，是着了秋装的青年。

听到你和风徐徐地叙谈：

灿烂了一季，火红了一阵，你不会由此感到满足。你还需要积蓄，你还需要孕育，你还需要备耕，你还需要迎接一个又一个新的绚丽，新的收获。

看到你青松般凝重的意志：

秋的青年，决不走向秋的生态，秋的青年，那是青春，那是一片春常在、夏常现、绿意常郁郁葱葱的无霜原野；而秋的生态，则是一种苍老，则是一种叶将落、花将败、飞雪将一切覆盖的岁末景观。

你的生机如同青松翠柏，从不因秋了而凋零而呈灰色；

你的脚步就是江涛海浪，从不因秋了而畏缩不前。

在你看来，秋的青年是一叶不理会季节更迭的帆，春要远航，夏要远航，秋之后还要远航。

为生命喝彩

◘ 艾明波

我们，从遥远的地方走来，身上背着昨天的故事，脚下踏着历史的尘埃。一路风雨带着欢笑，一路歌声带着豪迈。我们的肩上落满昔日的碎片，我们的眼中装着辉煌的未来。我们快乐，因为我们拥有了生命；我们自豪，因为我们拥有了现在。我们会用汗水浇灌明天的花朵，我们会用勇气把新世纪的大门打开。

我们，为生命喝彩!

从另一个世界迈进这多彩的生活，生命就给了我们无尽的关怀。我们睁开双眼打量这绚丽的景色，我们摇荡着旗帜谛听那迷人的天籁，让人类的灵光穿透黑暗的幽谷，让智慧的火焰尽以往的悲哀。人间的真情扶我们上路，世上的温暖给我们深爱，我们沿着那灼热的目光攀援，走向一个崭新的时代。

人生虽然只是一次单程之旅，但生命却能在创造中寻找到一种永恒的超越时空的依托。获得了生命就是获得了一切，拥有生命就是拥有了无可匹敌的巨大资财！

我曾静静地打量着生命，静静地凝视着她的内涵以及她的外延，林林总总、千姿百态，有的博大壮阔，浩瀚似海；有的如一束鲜花，悄然盛开。无论她以任何方式注释着她的形象，她都以无与伦比的茂盛，昂扬着奋进的旋律，拒绝苍老、拒绝衰败。

然而，生命不是一篇“文摘”，不接收平淡，只收藏精彩。她是一个完整的过程，是一次“连载”，无论成功还是失败，她都不会在你的背后留有空白；生命也不是一次彩排，走得不好还可以从头再来，她绝不给你第二次机会，走过去就无法回头，只留下遗憾、只留下无奈。生命是一部大书，所有的章节必须用我们的血汗撰写；生命更是一次竞技，生命没有看台。

生命只属于我们一次，我们该把她打扮得更加光彩。

成功的人生

◎邓　皓

曾在运动场上看到过十分感人的一幕：一位长跑运动员在跑了一半以上的赛程之后，突然摔倒在地。等他再爬起来时，他的对手正如飓风般接近终点。就在他一瘸一拐正欲离开跑道时，他的耳畔响起一声断喝：跑赢你自己！

是他满头银发的教练进入跑道中来，与他一起跑完余下的赛程。

那一刻，我发现所有的目光为这对失败的师徒行了个庄重的注目礼！当他们抵达终点的时候，他们赢得了比夺冠者更多的掌声！

谁能说有此等毅力和拼劲的人，下一次夺冠的机会会再一次与他擦身而过?!

成功不是昭然若揭地去赢了某一次，成功是任何时候不放弃追求下去的信念——确信自己任何一次竞技不遗余力总比吝啬心力要好！

人与人之间有心志的高低之分，人与人之间也有能力的大小之别，但人生没法比成功。一个扫大街的清洁工和一个搞课题的科研工作者，他们都有成功。同样，他们都有从成功里得到的快乐。所以，人生没法比幸福！

成功的人生就像一次远行，把途中美好的景色尽收眼底，不要因为旅途的疲惫而错过每一处赏心悦目的风景。因为错过风景，就是错过心情；错过心情，就是错过远行的意义！

你见过乡下质朴的农民吗？像钟爱儿孙一样，他们精心耕种一方稻田。待汗水流干的时候，稻谷就熟了。把一粒一粒饱满的稻谷拾起来，装入粮囤，这样，一个壮硕的秋天就被农民拥入怀中了。

成功的人生就是这样的。

世界不再等待我们

◎罗　西

一次拿破仑外出打猎，忽然听到远处有人呼救。走近一看，原来有人落水。

拿破仑举起猎枪，大声叫道：“喂，你要是不爬上来，我就打死你。”那人听了，忘记自己是在水中，用尽全力向岸边划去，经过多次挣扎，终于上岸。

他气愤地问拿破仑：“为什么要杀我？”

“我要不吓唬你，你就不会拼命往岸上划，这样，你不就自己死了。”拿破仑笑着说。

一心想活着，而如果他不寻求自救，能活成吗？确实，行动并不是最危险的道路，不采取行动才危险。我们很多人，在日常生活里，喜欢幻想，喜欢憧憬，喜欢描绘，但这一切如果仅仅停留在心动的层次上，永远不会有结果，梦醒时分，仍是双手空空，一无所有。

人应该学会思考，学会筹划，学会预见，而这一切如果不付诸于行动，思考、筹划、预见就可能成为忧虑。一个人要成熟，必须在快乐中成长，而快乐的成长，必须在行动中成长。只有行动，才有一个个具体的目标，才会实现一个个小目标，每一天都有收获，每一天都有成就感。那么，你不会觉得前方迷茫，从而更自信、更快乐地走向明天。

成龙说：“今天我能在电影界占一席之地，靠的是什么事都自己做的精神。”我们在羡慕成龙的辉煌成绩时，是不是也看到他那忘我的工作态度。“一念之下”固然重要，而更可贵更有效的是行动，是一往无前的奋斗。

睁开你的双眼，世界不再等待我们，我们又在等待什么呢？往前走，一定是一片蔚蓝而辽阔的天空！

时间进行曲

◎陈　浩

太阳与月亮似两张唱片，将时间进行曲播放在人生的途间。

有时激越高亢，每一个节拍都铿锵雄壮；有时低回舒缓，每一个音符都徘侧缠绵。庄严肃穆时，如一首凝重深沉的诗篇；一唱三叹时，似一幅柳暗花明的画卷……

勇士深晓时间的真谛，敢于以短暂的生命向永恒的时间宣战，在天地之间，寻找自己坚实的基点，奏响时间进行曲最辉煌的乐章。

懦夫天生只会悲叹，面对着浩荡的时间长河，徒然而滴几颗廉价的泪瓣。用一连串的休止符，谱写一连串的遗憾。

请记住：人生与天地固然渺小，如沧海一粟，但真正渺小的是人的自卑；人生与时间相比固然短暂，似流星一闪，但真正短暂的是人的哀怨。

是小草，我们就要染绿天涯；是水滴，我们就要汇成浩瀚；是沙砾，我们就要聚成矗天之塔；是荧火，我们就要燃成熊熊烈焰！

只有这样，我们才不负时间给予我们的公正的恩赐；只有这样，我们才能高奏起时间进行曲迈向光辉的明天。

点燃岁月

栖　云

曾随一位朋友外出探险。那是太行山脉千山万壑围护着的一处幽谷，向导说，人迹罕至。仰望寂寥而深邃的天空，冥想鸟翼飞绝的意境，整个灵魂仿佛都被严严实实的山石包裹住了，与彻骨入髓的沉默对待，简直让人烦躁难捺，束手无策。

然而我错了！转过狭窄凸凹的山麓，我的目光陡然间熊熊燃烧起来，你猜——

那是铺天盖地的野花啊！峭壁上，悬崖顶，岩缝间，坑坑洼洼的碎石块中，簇拥着数不清说不尽描绘不了的五彩缤纷、绚烂无比的野花。熏风拂送，那些花就在浸着蜜香的山岚中，沉醉地跃下枝头，落英如雨，漫天飞卷，美极美极。

凝重而肃穆的崇山峻岭，并没有因为沉寂甘于冷漠，并没有因为无人喝彩无人光临，就死气沉沉，毫无生气，而是以灿烂的鲜花向寂寞挑战，以蓬勃的生机对生命负责。

所以，生命中的险恶没有什么恐怖，生命中的孤独没有什么缺憾，生命中的高墙与埋没无关，关键是：即使在始终无人注目的暗夜中，你可曾动情地燃烧，为了答谢这一段短暂的岁月?!

谁也拦不住你

段正山

就像险峻的大山拦不住汹涌的激流一样，汹涌的激流也拦不住你顶风前行的孤舟。

就像沉静的秋色拦不住凄冷的北风一样，凄冷的北风也拦不住你走向春天的脚步。

厚重的夜幕拦不住闪烁的群星，闪烁的群星也拦不住你心灵窗外的阳光。

朗朗的晴空拦不住突来的暴雨，突来的暴雨也拦不住你已经远去的背影。

只要你不拦着自己，谁也拦不住你。

即使世俗的围墙拦住了你冲动的激情，但决拦不住你激情中的锐气和冲动下的魄力。

即使岁月的大门拦住了你炽热的渴望，但决拦不住你炽热点燃的勇气和渴望滋育的信念。

樊篱拦住了你的犹豫，拦不住你的醒悟。大网拦住了你的拥有，拦不住你的超越。

如果你的梦想在飞翔，拦住你的一定是你的翅膀。

宽广的胸怀不会被躲躲闪闪的指责拦住，拦住你的是你的狭隘。

坚定的选择不会被磕磕绊绊的磨难拦住，拦住你的是你的软弱。

拦着生长的不是幼稚，而是自以为成熟。拦着完美的不是浅薄，而是自以为深刻。

谁也拦不住你，是因为你能走出拦着你的死角。

悬崖拦住了你狂奔的追赶，你可以用理智的绳索保护完成一次惊心的历险。

无意闯入的迷宫拦住了你精美的设想，你可以用灵活的头脑做抵押创造一个非凡的奇迹。

邪恶拦住了你的善良，你可以挥洒正直豪迈一次。迷茫拦住了你的寻找，你可以奉献执著再给自己一次考验。

是的，谁也拦不住你，剩下的就看你怎样活出一个全新的自己了。

思想，是不过时的美丽

◎ 佟可竟

面对迭起的新潮与时尚，年轻的心最难按捺，我们总在热烈地追逐着，都怕自己是落伍者。

其实，欲领某些新潮之先并非难事，我们极容易把自己的外表装饰成一个很现代的青年，只是衣着的标签的品牌所透出的点点文化味儿，最终也掩不掉面对自己时的心浮与茫然——

在花样乱眼的时髦左右下，我们连自己也说不清我们到底需要什么？只把可见的财富视为人生的幸运与富足，我们就会渐渐远于思想——这行为的灵魂。直到有一天，我们发现自己浑身到处是“文化”，惟有心灵荒如沙漠。

如果有，我们不拒绝过守金伴银的日子。只是在金饰之下，别荡然了我们的精神之欲。

青春本是好时节，每个人的领受却各不相同。有人收获盈怀，有人徒自空悲；有人赚一把汗水，有人握一手虚荣。这差别全在于我们是否肯对心灵有所承诺，并付诸精力。因为追求真正的文化品位，实在是一段苦旅。需过得下简朴的生活，守得住心灵的宁静，始终视书籍为精神伴侣。

我们一直在羡慕心智无限的人，这正是来自于思想的魅力。而心智的成长决不鼓烫于时尚，它从不以烨然炫外，它只企求思想的恩典。

法国思想家帕斯卡的名言很有味：“人是芦苇，然而是能思考的芦苇。”纤若芦苇的人，因具有思考的能力，而包容得下整个宇宙。人，也正是由此才显现出伟大。

思想，使人们的生活情趣接近高尚，而遭遇苦难时，则体会到深厚的慰藉，在思想中，我们将获得一种别致，绝胜一套华衣优雅惹人得多。

思想，永远是一份不过时的美丽。

生命如歌

艾明波

生命不会给我们任何承诺，生命只给我们一次机会：那就是创造与开拓或者是浑浑噩噩，关键是看我们怎么去活着，怎么去把生命好好把握。

我们从另一个世界走来，迎接我们的或许是有太阳的白天或许是有月亮的黑夜，无论白天或黑夜，我们睁开眼睛就会感到人世间的温暖，我们都会在父母的怀中享受到一种博大的关怀和无与伦比的亲亲热热。虽然，我们给这陌生的世界的第一个声音是哭声而不是音乐；虽然，我们是在母亲的痛苦中降临的，甚至是伴着母亲的泪水和鲜血，但是，父辈们是幸福的，因为，我们延续了他们的生命，我们是他们含泪的骄傲是他们事业的承接。于是，我们踏着父辈的足迹接近生命的另一个高度；于是，我们用他们所给予我们的力量，在他们没有走过的路途中走过。所以，从这个意义上说，生命又不仅仅是我们自己的，她盈满人间的热望也装满前辈的嘱托。

这样，我们从拥有生命的那一刻开始，我们的背上就驮着一种使命，我们的身上就跳动着强劲的脉搏。是啊，我们从父母那里得到了血液得到了骨骼，我们又从太阳和月亮的下面得到了温暖和光泽，我们无法不去用自己的热能点亮期望的目光，无法不用人间赐予我们的一切去燃起希望之火。

也许父母在给了我们生命之后，没有更多的给我们什么；也许生活并不是像人们期望的那样没有坎坷只拥有欢乐，但是，只要我们一息尚存，就毫无理由让自己的身后只生长悲哀而没有收获。尽管有扶持也有寄托，尽管有帮助也有理解，但路还得我们自己去走，没有谁能够自始至终地陪着我们穿过人生的风雨和世事的阻隔。我们要用自己的灵魂去支撑生命，我们要用自己的目光去发现我们的前方是高山还是沟壑。

活着，是生命的一种形式，创造才是对生命的一种注解，因为生命无法承受之轻，因为生命拒绝接受堕落。

人生短暂，瞬间即过，拥有生命是最大的幸福最大的快乐！那么，就让我们带着生命上路吧，让自我去擦亮别人目光的同时，也活出一个最好的自我。

生命如诗，生命如歌。

向着月亮跑

◎ 张兰允

小时候，总喜欢和一群小伙伴在月夜的旷野里自由疯跑，边跑边舞着小手乱呼乱喊，比一比谁的本领大，谁能跑过月亮。记忆中的月亮圆圆的，大大的，很亮很亮，因为圆圆的亮丽，才吸引了我们这群无知的孩子，我们总想通过拼命奔跑，把月亮落得远远的，看都看不到，但无论怎样努力，月亮永远在头上高渺的天空遥遥挂着，谁也追不上，谁也落不下，我们便以为是自己太小了，而比我们大十几岁的娟子姐就能。

娟子姐命令我们一群小孩子傻乎乎地对着月亮“稍息”，而她则向着月亮跑出几十步，回头一指，果然，月亮就被她甩在后面了。现在想来才明白，在娟子姐的眼里，月亮也是遥遥在前的，因为有了距离做背景，我们看到的只是一种视觉差异。

走过憨态童稚的孩提年龄，回首娟子姐简单可爱的“欺骗”，那轮圆圆的大月亮总在记忆的天空冉冉升起。月色笼罩的世界，澄明而纯净，温婉而祥和。每当事业受挫，遭遇逆境，身心疲惫时，想起月夜下的奔跑，想起娟子姐，想想月亮之于我们永恒的距离感，心中蓦然顿悟了许多。

也许，机缘与幸运像月亮一样离我们亦远亦近。当我们为了太多不切实际的欲望和追求，在喧嚣的尘世不停奔波劳碌，在自我的圈子里与自己的梦想赛跑，毫无目的地与某种虚幻的参照物攀比，是否也在追求一种生存的茫然呢？而换一个角度，我们分明就在前面；比如我们虽然没有金钱，智慧却没因此远离我们；没有权势，真诚却没因此冷落我们；没有花天酒地，纯洁朴素的情感也没因此抱怨我们，我们还拥有健康的身体，拥有快乐的心情……我们何必在自我的误区中徒劳呢？

向着月亮跑吧，冷静的思考后，做一次理性的超越，就会发现，月亮尽管永远挂在眼前，而月亮又永远被我们甩在身后！

青春，期待你早日灿烂

王安雄

你是花，我就是你的叶。

我不去拥抱挺拔的竹，不去迷恋垂发的柳，不去依偎繁多根系支撑的榕。

我已将太多的选择统统放弃，已将太多的可能一一舍去。

一生只为期待你，期待你早日灿烂，由我托起。

为着期待你，踩着坑坑洼洼，我也活得舒舒展展；为着期待你，纵然一片贫瘠，我也充满盎然生机。

我不在乎期待你的日子多么漫长，我能熬过每一个日日夜夜；

我不在乎期待你的生活多么艰难，我能挺过每一场风风雨雨。

既然我是你的一片叶，我便不会在意：期待你的最终，可能只是你的一种装饰；既然你是我心里最美的寄托，与你同在，便会是我存在的全部意义。

我要将自己最纯粹的绿献给你，我要将内己汲取的每一缕阳光、我血脉里流淌的每一滴血，毫无保留地献给你。

你灿烂，我也风光。

活得真实

◘ 佟可竟

活得真实，是一种挑战。

生活中每一回对真实的履践，都会令我们不由自主地萌生对自己心灵的感动，生命也由此获得一次痛快地呼吸。

而拥揽这份真实，是多么地不容易。

尘缘难尽，我们无以超拔；物役累重，我们不忍减缓。在烦嚣中，我们便心怀几许应对的机巧：傲岸掩饰着内心的卑微，强蛮蒙蔽了意志的脆弱。埋藏心爱，偏偏顾左右而言他；一颦一笑，谁都难吃准其真意。行为就这样背叛着真实的意愿，无论随意还是故意。

只是常有一种败北的感觉袭心而来，因为灵魂总能敏感到一种深刻的困境。毕竟我们还真实地明白，唯有原原本本的生活才最珍贵。

生命的成长本来就是这样简单与纯粹，所有复杂皆出自人为。正如“人间的葬礼也可能是天上的婚筵”。显而易见的却是，人活得越接近真实，就越感到艰难，这也许缘自文明与自然无可避免的对垒。

我们可以用心灵的自语去抚慰败北的伤痛。

在心灵的自语中，真实的闯入再也不会遭到俘获。但凭它轻裘缓带，修复着我们的愿望——“愿望是半个生命”，而真实地再现它，生命便挥就成一轮圆满的辉煌。

在心灵的自语中，尽可以厌恶你的厌恶，崇拜你的崇拜。世味之浓淡无需迎合，粉饰于耳目到底是虚荣，只把真实坚持为一种活着的原则，清醒于自己在阡陌上行，因何对酒，与谁和歌。

活得真实，若肯用生命相盈握，天天都会飞临无愧的问候。还有什么怕闪失的呢？

活得真实，或许能成为一种心灵的习性。

活得真实，怎知不是一层人格的亮色？

微笑是一把神奇的钥匙

◘ 胡世宗

朋友，你会微笑吗？

也许你会十分不屑理会我提出的这个“傻问题”，而在实际生活中，这个“傻问题”几乎会时时摆到你的面前。

你走在路上，被一个骑自行车的人不小心地碰了一下，你感到臂膀的疼痛，刚要厉声斥责骑车人，他却送给你一个歉意的微笑，你的感觉如何呢？

你心爱的一个花瓶，被来家串门的莽撞的同学不慎碰打了，你很心疼，面有不悦之色，同学送给你一个不好意思的微笑，你的心情会怎样？

你在相爱的时候，恋人给你的微笑或者你对恋人的微笑，是一种柔情的暖风，可以化解那种成为情感隔膜的冰霜。

无论男女，在情感生活中都需要柔情。而柔情的发展，同它的最直接的、人人都理解的外部表现——人的充满真挚和美的微笑——有着内在的联系。

不会微笑的人是蠢笨的人。

不会微笑的人是乏味的人。

微笑在脸上，其本源却在内心。

保加利亚哲学家基里尔·瓦西列夫在《情爱论》一书中说："爱的微笑像一把神奇的钥匙，可以打开心灵的迷宫。它的光芒照亮周围的一切，给周围的气氛增添了温暖和同情、殷切的期望和奇妙的幻景。"

微笑是一种无声的亲切的语言。

微笑是一种无声的动人的音乐。

微笑是人类一种高尚的表情。

微笑永远是生活里明亮的阳光。

朋友，你手中是否牢牢握着这样一把神奇的钥匙呢？

平凡人生

◘ 丁宗皓

生命仅仅是一个过程，一个转瞬即逝的过程，短暂得如天穹中一颗消隐的流星。

关键在于我们在身后能留下什么？

哲学家留下了深邃博大的思想，多少年过去了，世界依然被他的言语笼罩；诗人留下慑人心魄的情感；诗人陨落了，诗句却为世人吟诵；伟人在身后留下了一座丰碑，上面镌刻的是生的伟大、是业绩的辉煌，丰碑太高，高得使人只能仰望；英雄在一刹那留下了果敢与坚强，留下了情操与人格，使世人为之闪动的是点点泪光。

我们可能仅是芸芸众生中的一员，平凡得如路基下的一粒石头。然而我们不能抱怨，来到这个世界，我们本来就无法选择母亲、选择职业……但我们可以选择自己，在平凡的时光里，让思想、情怀、品格盛开成三月如诗如画的原野，在寂寥的人生之路上，唱一支热烈而充实的歌。认真地爱一切值得去爱的一切，恨一切必须去恨的一切。因为我们平凡，我们才可以自由地伸展一如粉红色的牵牛花；因为我们平凡，我们才可以认真地度过平静的每一天，在平凡的土地里播下不平凡的人格与操守、尊严与责任的种子，在人群里，习惯默默地承受痛苦，默默地奉献情感，默默地改造着环境，默默地让生活充满友爱和信赖。

野火烧不尽，春风吹又生，当丰碑躺倒在原野上，而小草又一年一度欣欣向荣。可能我们的生命尚不如原野上的草，但我们绝不遗憾：我们曾真诚地生活过。

我们正真诚地生活着。

寻求心灵的快意

◎ 佟可竟

朋友的待承，不在于硬撑面子也要摆上等的酒席；

朋友的情分，不论相求相帮，伸手就应出自真心实意。

歌里唱着：朋友多了路好走。

我们便急着把每一个刚结识的新面孔吆五喝六地唤做朋友，将其拢在撒开的网下，动心于情谊之外的图谋和算计。

莎翁这么说：“不要对每一个泛泛的新知滥施你的交情。”

“对谁都是朋友，实质对谁都不是朋友。”先哲的话更是一语见的。

因为我们追逐的东西太多，友情也被沾染上了名利。对朋友的期望值甚或偏向他会对我有何用——

抑或是可以攀援利益的梯子，不济也是逃离困海的舟楫。

朋友的称谓，丧失了情谊的贞操；

人情的赢欠，却费了我们不少心计。

朋友本是不计利益的，不论人有多微、位有多卑。

朋友的感觉，不是撑破一把伞、淋湿同路人的那种痛快吗？

朋友的境界，岂能让别人作为自己铺设道路的砖石？

有人如此评论时尚：张嘴就是挣钱，无人不言利。

那么，友情比之金钱和物欲真的失去了诱惑力？

我说不。

朋友，我们一向不肯放弃，人生之旅怎能没有情谊。

只是当我们脱口而出的时候，真该留神有没有追随其后的图利谋益？别让这些飘轻的尘埃，日久腐蚀了朋友二字的真义。

“愿除了寻求心灵的加深之外，友谊没有别的目的。”

为此悉心以赴吧，让我们共同体味这人生不可或缺的快意。

唱一首简单的歌

◎ 罗　兰

我好闷！我想唱个歌给你听听。

我要唱一首简单的歌，快乐的歌、自然的歌、天真的歌，像清溪的水或山上的泉；像一只麻雀随意的啁啾，或一只燕子无忧的呢喃。

哦！不，它应该什么也不像，它只是一首简单的歌。

我从前常常唱歌，但后来就很少唱。好像起先是我发现没有人要听我的歌，后来我就没有心情再去唱，到现在，我觉得好像自己早已哑了。

我从前一直很不喜欢那些只念书而不唱歌的人。他们那么郑重其事地、勇往直前地求学问，他们从来不觉得唱歌有什么意思，而我只是喜欢歌唱。我在不得已的时候才念书，而我一天到晚都在唱歌，所以我常常都很快乐。

不知从什么时候起，我就很少唱歌了。

不唱歌，我的生活就只剩下了呆板冷硬的工作。我看了好几本书，每本书都充满着道貌岸然、自命不凡，打算一手遮天的这思想、那思想，这哲学、那哲学。每本书中都充满着看似意义严格，实际上是含混不清、毫无意义的抽象字句。那些写书的人把自己提出生活之外，提出常识之外，在那里说着一些他自己发明的话。因为他是疯子，所以他希望全世界人都变成疯子；因为他是被亏待者，所以他希望全世界人都感到自己被亏待；因为他狂妄，所以他希望全世界人都做他的臣民。他们每个人都希望自己的思想是全世界人们的先知——知道宇宙的奥秘，生死的真义。却没有一个人开颜笑笑，来唱一首歌；也没有一个人开颜笑笑，来画一幅画；也没有一个人颂赞他们所置身的这个大地与头上的天空。

他们找出一些最冷僻的词句来试图解释或剖析这个世界，其实，他们不知道，假使世界无意义，那字句也就根本不会有意义。假使世界需待解释，他的那些字句就更需待解释。他们不想到自己是这宇宙中一个小小的微粒，微粒不可能控制宇宙或扭转宇宙。

我们生而为这世界的一个微粒，一切我们对这世界的反应皆是自然而且必然。我们由这片大地滋生，我们必然适合而且适应这片大地。个体的生命既由大地赋予，个体的死亡也只不过是归返本真。

人生是真实，理论才是最荒谬！

所以，我要用这首简单的歌来赞颂我的世界。它是这样欢跃而又静默，这样丰富而又单纯，这样从不夸大，而却真正辽阔无边、亘古长存。

我快乐，我这样唱。

我愁苦，我也这样唱。

我爱这世界，但我不必反抗死亡。因我知道，我死后，我的世界还活着，我只是回到那滋生喂养我的可亲的泥土。

要慎防那些把世界切片，放在显微镜下，端给你看的人，要了解他们是何居心！

要了解，当他用郑重夸大而冷酷的办法，冰冻了你的爱心，吓退了你的胆气之后，他自己却正好可以跨大一步，去享受他脚下的世界——吃美味、饮佳酿、穿华服、享盛誉，并且恋爱，并且结婚，然后志得意满地庆贺自己因狂妄浮夸而将会史册留名。

柔韧人生

李含冰

辽河滩里长着一种白柳，我很喜欢。

晨风中，一丛丛白柳长舒舞袖，摇动身姿，尽情地轻歌曼舞。也许是辽河水滋润的缘故，白柳条的性格极柔顺，修长的枝条可以做出各种图案：弯成一个圆儿，像十五的月亮；打成一个弯儿，又像女孩好看的细眉……因为白柳条宁弯不折，所以常有人用它编织出各种精美的工艺品。剥去外皮，剩下枝干，光滑洁白，任由抚弄。有多少天工之意，诗情画意，都可以揉入枝条一展神奇。

柔韧，让白柳条的生命增值。

人生何不如此？

当你面对挫折和失意时，应该柔韧一下自己，让生命展示一幅崭新的图案。于是，便有了一个全新的自我。

宁折不弯，不失为一种豪迈气概，但有许多时候“折”得不当，放弃一次就意味着永远地失去。

宁弯不折，不是无所作为的懦弱，而是一种审时度势的明智之举、一种力的积蓄；不是屈膝胆怯，而是一种新的追求，一种科学的选择。宁弯不折，是一道亮丽的风景，为岁月增添了动人的色彩。

有时退让可以更好地向前。

水是柔韧的，可以九曲十八弯，却能汇入大海；小草是柔韧的，任风摇动，却可以铺展成万里大草原。高山巨岩伟岸雄壮，需要有潺潺流水的滋润，雷鸣暴雨能洗涤大地，也有丝丝细雨润物。只有坚硬，没有柔韧，生活的画面就不能完整。坚硬有时让我们失去了不该失去的东西，柔韧有时却让我们得到了意想不到的东西。

柔韧和坚硬是书写人生的两支笔，交错着写下人生的欢笑与泪滴。柔韧和坚硬共同搭成一架阶梯，只有踏着这架阶梯，才有可能把我们承托到追求的高处……

人生四季

◎ 广　文

一年四季，每个季节都会引起人的一些感受：冬天，人们只感觉到它的寒冷，于是总盼着春暖花开的日子。当春天来临，才觉得春风并不是人们想象的那么温柔，还往往夹杂着恼人的沙埃。于是人们又在等待着夏天的到来，因为夏天不仅有潮润的风，更有绿荫的世界。可到了夏天，人们却又不堪忍受其酷热、蚊蝇的骚扰和无休止的大雨。于是只好期待着秋收的欣喜，但秋后的田野依然使他感到了一丝的萧煞和落寞……

人们的确是常常以这样的心态去品评四季的，但是，如果把希望都寄托于未来的季节，而把眼下的季节都化为烦恼，把过去的季节都沦为悔恨，则人在一年之中还有几天好日子过呢？

人生宛如四季，但面对庄严的人生，我们总不应该因羡慕青年的豪迈而虚掷少年时光，因羡慕中年的成熟而虚掷青春年华，因羡慕老年的清闲而虚掷中年岁月；因为人生的季节只有一次轮回！

为了看看阳光，我来到世上

摩　罗

“为了看看阳光，我来到世上。”巴尔蒙特的这句话，自从我第一次读到它，就几乎一天也没有忘记过。诗人就像一个从来没有受过伤害的人一样，如此诚挚、欣喜、宁静地歌颂着大地、阳光和人欢马叫、喧腾不息的世界。

普鲁斯特在《追忆逝水年华》中，写到“我”在火车停站时，见到一位卖牛奶的姑娘：“……晨光映红了她的面庞，她的脸比粉红的天空还要鲜艳……有如可以固定在那里的一轮红日，我简直无法将目光从她的面庞上移开……”

普鲁斯特对于阳光的敏感与迷恋，给我留下了极为深刻的印象。体验阳光、体验美、体验幸福、体验纯净、体验温馨、体验柔情、体验思念和怀想。这样的精神生活，这样的心理空间，实在太有魅力。即使是受尽心理折磨的尼采，到了晚年还依然怀恋着年轻时代“那些充满信任、欢乐，闪烁着崇高的思想异彩的时光——那些最深沉的幸福时光”。那些最深刻最博大的灵魂，几乎都是既能充分体验人性之暗昧，又能充分体验阳光的明朗和温暖的人。

究竟是伤痕累累的心灵容易感到人世间的美丽温馨，还是没有受过伤害的心灵更容易感受到这样的美丽温馨？我老是被这样的问题所萦绕。也许无论是否受过伤害，一颗善良的灵魂总是可以敏锐地感受阳光与温暖的。

但是，没有受过伤害的心灵，他不只是能够感受阳光，他就是阳光本身，只要你见到他，你就不难感到他的纯净、透明与温暖。这是任何受过伤害的心灵所不可比拟的。

一颗纯净的心需要另一颗纯净的心的相互映照，一颗黑暗的心更需要一颗纯净的心的照耀与沐浴。由黑暗而光明，由痛苦而幸福，这是一种漫长的灵魂洗礼。

为了看看阳光，我来到世上。

为了看看阳光，我祈祷于世上。

人生不售回程票

◎ 张玉庭

“来去匆匆，忘了感受。”

这是一句著名的诗，它表达了一种深深的遗憾：想感受时才发现错过了机会，而有机会时又偏偏忘了感受！

不妨让我们看看某些“风流倜傥”的年轻人，他们特别奢侈，虽然自己挣不了几个钱，挥霍起父辈的钱财来却颇为“慷慨”；他们明明是不爱学习的精神“乞丐”，却偏要学着金钱“贵族”的样，呼朋引伴，在酒店里吆五喝六地猛喝！在舞厅里昏天黑地地猛跳！在牌桌上日以继夜地猛玩！他们觉得挺潇洒，他们笑得挺轻松，却全然不知自己正在白白地浪费着人生的春天！

自然，等到把青春挥霍完了，他们才突然发现：自己一无所有！

他们挺后悔，因为他们终于恍然大悟：

有志者们用出色的拼搏装点着青春，感受到了青春的亮丽；可自己用没完没了的玩乐演绎着没完没了的浅薄！

有志者们的生活很充实，有志者们笑得灿烂——人家丰收了，成功了，凭什么不笑！可自己过得轻飘飘的，空洞洞的——没有丰收，没有辉煌，即便能笑，那笑也是平庸的，苍白的，肤浅的！

啊！青春真美！春天真美！可自己偏偏忘了感受青春！偏偏忘了在春光里播种！

真想再年轻一次！可是，人生已不再售回程票！

什么叫后悔？这就是后悔！

那么，我亲爱的青年朋友，您有没有白白地挥霍过自己的青春？

想不想笑得美点？那就记住，空洞洞的笑肯定不美！

千万别为了玩得开心才活着！生活中有的是比玩更重要的内容！

寻找幸福

◎ 霜　枫

我们在母腹中躁动，在课堂上熬神，在人海中浮沉，在社会上挣扎……原来却只是为了一个幸福。

也是，不为了幸福，我们来这世上干什么?!

奔着这个幸福，我们苦苦寻觅。可是，幸福在哪儿？

幸福该是沙漠中的一片绿洲吧？茫茫沙漠中，我们艰难跋涉，口干舌燥，望眼欲穿……最终，却只见到几丛沙棘；

幸福该是大海中闪亮的珍珠吧？禁不住那晶莹的诱惑，我们涉江探海，使出浑身解数……末了，却只捡到几只贝壳；

幸福该是漫长旅途中的一座舒适的城堡吧？当我们饥肠辘辘、疲惫不堪地需要歇息时，见到的只是一处简屋陋室；

幸福该是山那边的一处桃红杏黄的花果园吧？可当我们千辛万苦、气喘吁吁地爬过高山，只看到了几弯垂柳，几丛小草；

多么令人懊丧！我们抱着理想中的幸福四处寻找，得到的却常常是遗憾、失望和痛苦。莫非，幸福是那来无踪去无影的外星飞碟？是那虚无缥缈的海市蜃楼？

其实，幸福不是外星飞碟、海市蜃楼，用不着悲观绝望。只是，我们不要把它太理想化了，不要太追求完美。

世上没有完整无缺的幸福。

或许它只是绿洲旁边的几丛沙棘，只是大海岸边的几枚贝壳，只是漫长旅途中的一处陋屋，只是毫不起眼的几弯垂柳几丛小草……只要你珍惜它，用心去感应它……

你不是已经找到了吗?!

永远幸福

◎ 佟可竞

幸福的时候，我们常不自知，即便别人的目光投来多少羡慕不已。痛苦却总是自作多情地来而不去。“人生的刺，就在这里，留恋着不肯快走的，偏是你所不留恋的东西。”（钱钟书语）短瞬的生命之光泽，极易就这样被黯淡着，好像每个人都有了千疮百孔的忧伤。

其实不然。

抱怨生活不幸福的人，多少是在对幸福的追求中，放走了真实的东西，而在追逐影子。正像我们相互传递的祝福一样，人生一世，安知我们生命的祸福之势？我们依然情愿对“永远幸福”做着一遍遍的企望。为了这份“永远”的人生厚礼，我们把可以切身触及到的幸福都丢掉了。

只要我们不惜感受，幸福倒有点像那些百抽不中的彩票，极易到手。道理如蒙田先生所言：“最美满的生活，就是符合一般常人范例的生活，井然有序，但不含奇迹也不超越常规。”好似花开花谢，树枯树荣。

而“永远幸福”其实是用细碎的珠贝串起的一条缠绕生命的长链。我们只有耐心于平铺直叙的生活，才会从中拣拾到蕴藏着幸福光泽的颗颗珠贝。

只是我们从来都愿意把对幸福的拥有高置在成就人气磅礴之业、遭遇荡怀激烈之情之上。而我们一旦脱离了常人范例之后，才茅塞顿开：幸福原来是能频频与我们打招呼的老熟人，只是我们常常视而不见。

一封寄自伦敦的来信，声称是用握着菜刀长满硬茧的手写的。每天深夜，当这位先生从地下室的后厨中走出来，都会猛吸几口外面的新鲜空气。他竟觉得：“能在大街上自由漫步，真是幸福!”

更多的时候，是我们自己远离了幸福。在我们徒自对幸福做着缥缈不已、诗意无限的遥想中，它正悄然地随着岁月从我们的指间和身边流走……

还是低头拣拾起我们易得的珠贝吧，尽管碎碎点点，谁说串不成与生命等长的珠链呢?!

由此我们同样可以圆满心怀日久的祝福：永远幸福。

乐观人生

◎ 艾明波

在乐观中撷取一份坦然，你的面前就会盎然多彩；在悲观中摘下一片沉郁的叶子，只能瓦解你积攒的力量。

乐观之于人生，是浮荡在地平线那袅袅升起的热望与希冀，是普照生灵的不息的阳光，更是寻得一份旷达与美好的铺垫与勇气。

有两个人同时遥望夜空，一个人看到的是沉沉的黑夜，而另一个人看到的却是闪闪的星斗。这就是乐观与悲观的区别。

在要付出巨大努力和经受众多无奈的尘世之中，守住一种乐观委实不易，那是坚韧的心才能支撑起来的恬淡的风景。

每每见一老者，已年愈古稀，生命的灯火已即将熄灭。然而他却异常开朗。他说：我天天晨起锻炼是为了证明生命的一种倔强啊！

也常常见到一位跛者，便对他备加怜爱。而他却告诉我：你若觉得我可怜，那就错了，别以为我失去脚不能走路而生活困苦，我是用心在走路啊！

听到这番言语，感受这种情蕴，我不禁蓦然惊觉：这是乐观给予他们对人生的一种执著。众多的苦难在他们的心头渺然无痕，那么，我们为什么要让霏霏阴雨覆盖明朗之空呢？于是我便定睛望前面漫长的道路，从容地昂起头来，乐观且自信地说一声：“走！”

活好每一天

艾明波

活好每一天，在每一个灿烂的日子都洋溢着你的笑脸。

活好每一天，让生活的快乐留在你的心间。

快乐是自己创造的，自己就是快乐的来源。我们匆匆的来，又匆匆的走，在生命的这个过程中，快乐没有给我们留下更多的时间。谁都在紧攥着快乐的衣角，谁都在盼望着与快乐结缘，可是，如果我们在追快乐的时候又增加了别人的愁怨，或者以别人的痛苦来作为自己快乐的资源，那么快乐仅仅是一个闪电，而接下来的便是震耳欲聋的雷鸣，炸响在你的耳畔。

因此，要想活好每一天，我们必须与真诚为伍；要想活好每一天，我们必须与坦荡做伴。不然，快乐只会在瞬间而不能永远；不然，我们的生活不会有明丽只会有阴暗。

曾有一个老者，他并不聋哑，可是在他退休后却突然说不出话来。他的妻子也奇怪，怎么好端端的一个人说哑就哑了呢？为此，他们遍访名医，得出来的结论都是此人一切正常，身体健康且无任何病变。直到后来，他找到了一位心理医生才解开了这个谜团。这位心理医生微笑地面对他：“你之所以说不出话，是因为你有难言之隐。你的心理压力相当大，你做了你不应该做的事，并且你为你做的事整天担惊受怕，现在只要你把你的事说出来，并且及时改正它，你就会好的。”听到这里，这个老同志突然“哇”的一声哭了起来，紧接着他说话了：“医生，我实在混哪，我对不起人民对不起党啊！我不应该贪污单位的那5万元钱啊！”他的“病”好了，他把钱也还了回去，可他依然快乐不起来，因为他为了那5万元钱把自己的人格丢了，把自己一生的清名丢了。他为了活好一瞬间却失去了后半生的快乐。

活好一天容易，可活好一生中的每一天却很难。

前不久，我接触了一个携款外逃而又投案自首的人，他说：“我外逃期间过的简直是地狱般的生活，在大街上或是在旅馆里，我看谁都像警察，看谁都像是在紧盯着我，我仿佛是在一个无形的大网之中，我时时都在心惊肉跳，我过不了那种逃亡的日子了。没想到，我想拿点钱去过好日子，可是我一天也没有好过。”

在人生的长河里，我们要想活好每一天，就必须学会检点：在生命的历程中，我们要使自己快乐，必须拥有坦然！

我年轻的朋友们，请用辛勤的汗水打扮你所有的日子吧，活好每一天。

愿作只小小鸟

◎ 鲁红莲

“离毕业只剩几个月了，大家一定要争分夺秒，越过这最后的冲刺线！”

“再过几个月，就要毕业参加升学考试了，这是有关你们一生的大事，可得加把劲啊！”耳边缭绕的满是老师、父母的谆谆良言；自己呢，也仿佛在胸头压上了千钧巨石，大有食不甘味、夜不成寐的滋味了。

于是，不再放松自己。然而，置身于书山题海，却总是在奋战习题的时候，渴望看一看电视或者听一听歌。这愿望一天比一天强烈。终于有一次，破天荒地仗着胆儿，勇敢地走到父母的房间里，站在电视机旁小心地瞟上一眼。顿时，只觉得心跳得好快，竟然莫名地像个罪人。偷偷地望一下时钟，虔诚地祈祷时光走得慢些，再慢些。时钟漫不经心地将时空切为千千万万片碎屑，却吝惜得不肯施舍给我一点，哪怕是那么小的一点点！在无意间，我发觉了父母亲不高兴的神情，猛然醒悟：这里不该有我的存在，于是只得默默地回到自己的房里。尽管身后留下无尽遗憾和感伤，却只能继续提起笔，埋头于习题之中。

夜深了，四周寂静得让人感到空茫，却突然想起孩提的时光来，竟想把它画下来。于是，心痛地牺牲了十几分钟的时间，一张草草的画已贴在门后。

这是一幅极其简单的画。一条明静的小河，河边是一挂瀑布般洒脱的柳帘，帘下一只悠悠飘晃的小船，这便是早已丢失的绿色的梦。柳条儿拂向他们红润的脸蛋，他们说那是春姑娘柔嫩的手。鸟雀儿也来凑热闹、叽叽喳喳，在上空时而低声细语，时而婉转高歌。孩子们充满童趣的笑声附和着鸟雀们无忧无虑地欢叫融进柔柔的春色——那是一个无忧的季节，一个迷人的春天。柳条儿仍然随风舞动，那片让人怀念的笑声仿佛入了河中或是飘到河的另一头……柳帘模糊了，河水终于浸湿了那段可爱的日子，留下的只是一条孤独的小船……

无奈的回忆和哀思之后，继之而来的又是老师、父母苦口婆心地教导回荡在耳际。疲倦地靠在桌子上迷迷糊糊地说出一句歌词：

“我是一只小小鸟，想要飞呀却怎么也飞不高……”

兄弟来自农村

李贵清

看多了有些都市味的脸庞，就发现农村孩子所特有的清新淳朴应该光大发扬。现在城镇的女生远不及乡下女生的自然清新，要么过于忸怩，要么就是“川妹子”。而男生则没有山一样的感觉；虽有壮如牛的体魄，走起路来却似弱柳扶风，作纤纤细步。这世道似错位了，女生摆酷，男生犯嗲。当你又见某某愁得“一江春水向东流”时，用不着大惊小怪，也许一会儿他（她）就乐得手之足之舞之蹈之了。我一向认为他们大谈忧愁是不正视农村兄弟的存在。要说愁，我把心事随便拔一毛就是一团愁云，我曾发誓，哪家伙再敢说苦难是农村孩子的一笔财富，我就向他募捐这笔财富。就在他们为某某“名花有主”而失落时，我在为下个月的口粮发愁。在这种环境中难免生出些孤独的心情。

想当年，我也可以毫不拘束地做自己喜欢做的事。我家后山坡上篮球可当足球踢，足球也当排球扣，野花也做羽毛球狂拍。绝无人为你的臭技笑掉大牙，绝无人来抢你脚下的风火轮。你可以有劲时攀岩走壁，玩累了扯着树枝坐滑梯；你可以对山狂吼，亦可以迎风鸣笛，奇妙的回声将是一台绝伦的索尼，你全都可以……可我长大了，生活的窘迫也使我变得成熟起来。今天，我亲爱的足球也只得暂时委屈委屈，等到有朝一日再让它像郭沫若笔下的煤那样得以重见天光；国画颜料也呈现出黄土高原的风貌；室友的棋局可吸引我忙里偷闲，但往往不到三两步，那份雅趣早被嘈杂的吵闹和观棋者的指手画脚践踏得一塌糊涂；横笛曾是我的最爱，无奈也只得在熄灯前的几分钟内急吹一二，嘴急手快，一副狼狈样儿，断无情韵可言。为了直面生活的挑战，我只好搭上了所有快乐的资本。我的双手得对得起爹妈的汗水。要想将来有个好光景，不得不暂做闹市中的苦行僧。

“情到深处人孤独”，忆及于此，一向以乐观自居的男子汉竟涌起些酸楚。我又想起了农村的一句俗语：“龙生龙，凤生凤，老鼠的儿子打地洞。”似乎命就是天注定的，我有些不甘。饿肚子我可以忍，蹬破鞋我可以忍。但我不敢使自己的成绩跨下来一毫米，否则，我面前所有的一切美梦都将化为梦幻泡泡影。有时真羡慕城镇的学生有足够的背景和资本，吃了早餐不必愁下顿，不必担心考砸了会毁了前程。我们这些来自农村的兄弟，得老老实实，发扬老黄牛的精神，勤勤恳恳，一步一个脚印。我没有时间去销蚀，我必须成功，否则李家的书香梦就要推迟到我的儿子辈上去续了，这不是我这辈子最大的悲哀么？心如止水是我的意境，来去如风成了我的旋律。我期待命运兑现“功夫不负有心人”的承诺。

城镇的学生到底见识广博，反应灵敏。想曾璐仅花了三个通宵，历史分就有七十多。而我惨淡经营两月余才勉强弄了七十几。在英语方面，我属于那种底子薄，问题多的无产阶级。我也不敢像肖竹那样，狂歌乱舞，尽数释放内心的欢愉。我顾忌，偶尔得意时的放纵只会使多数时的失意更深一层。在学习上，你想学方法？请找他们；要学精神？找我也行。可我依然要倍加努力，也许有一天我将和他们一起手挽手走出城门；但首先是我要独立走出山门。

平生万种心爱，悉埋心底，此时无数习题还待解析。近望期中，不知将是谁执牛耳？遥想高考，我盼榜上有名。回头问大山的儿子，谁来主宰他的命运？大山表示沉默，上帝也不懂汉语。摸摸自己的胸口，还好，还有一颗蹦跳的心哩！

厚积而薄发

◎周　研

王小玉融合了南北各地的腔调，创造出令人神魂颠倒的唱书；柳敬亭亲见了流离遇合、破家失国之事，把亡国之恨融入说书之中。他们之所以在艺术上取得了巨大的成就，都是因为在这方面广泛的积累。厚积方能薄发。

王小玉的大鼓是在艺术形式上的创新。这种创新不是凭空而来的，而是来源于对其他多种艺术形式的积累。只有在把西皮、二簧、梆子腔等等唱腔都熟记于胸之后，只有在对余三胜、程长庚、张二奎等人的腔儿都了如指掌之后，王小玉才有可能创造出大鼓这种新的艺术形式。

艺术形式的创新来源于积累，艺术内容的升华更是离不开广泛的生活基础。柳敬亭若不是亲见了豪猾大侠，杀人亡命，亲见了五方土音，乡俗好尚，就不可能使他说的书令人亡国之恨顿生。同样是说话，柳敬亭能使听众体会到更深刻的思想内涵，这完全来源于他对生活的充分体验。

人们看到的往往是王小玉唱大鼓如何的绝妙，柳敬亭说书如何的精彩，却忽视了在这背后厚实的基础。一座冰山露出海面的高度只是它全部高度的十分之一，还有十分之九隐藏在我们看不见的地方。然而没有这十分之九的基础，就不可能有那十分之一的冰山高耸在海面之上。

其实，哪一次成功不是来源于辛勤的积累呢？有人幻想不必学那么多东西，就可以凭空搞出个发明创造来，那就像不学南北各地的腔调就想创造出大鼓的调儿一样，几乎是不可能的。即使碰巧创造出来了，也是浮躁而肤浅的，不会有持久的生命力。也有人想不体验那么多生活就写小说、写诗、写歌，那样的作品即使写出来也只能像妄想让没有见过流离遇合、破家失国的柳敬亭说出亡国之恨一样，“为赋新词强说愁”而已。

朋友，无论你将来从事哪一行业，千万不要忘记：厚积而薄发。成功就来源于每一天、每一次的积累。

风　筝

司　威

终于做完了作业，一个星期天，又这样的坐了一整天。站起身，活动着手脚，走到窗前仰望天空，发现远处有一点黑影。哦，那是一只高飞的风筝。

那风筝飘来飘去，在自由地飞翔，在风中出生，在风中成长，被风哺育，被风培养，靠线绳的牵引，它高高地飞翔，去探索那未知的世界。

忽然间，我觉得自己就是那高飞的风筝，翱翔在广阔的蓝天中。父母殷切的期望，宛如那风总把风筝高高托起那样，希望我能够在那蓝蓝的天空中高高飞翔。老师给我知识，教我待人处事，就像那线绳为风筝指点迷途，带着风筝飞向天空。

风筝又是不幸的，它就像一只鸟一样翱翔于蓝天白云之间，但它又不及鸟儿那样无拘无束，自由自在的往来于各处。

当风筝高飞于苍穹之中的时候，身后总是有一条长长的线绳束缚着它的创造欲，束缚着它的激情，使它不能自由自在地飞翔。此时，风筝似乎说：“放松这紧绷的线绳，让我自由高飞吧！”

天渐黑了，风筝被慢慢地收回去了。唉，它总是要受到牵制的，但它也是幸福的，有人无微不至的呵护。风筝看不见了，一身的疲惫也已经消散，我要继续复习了。

夜里，我梦见自己变做一只飞翔的风筝，但那是自由的，可以让我展翅高飞，蓝天是属于我的，未来也属于我……

翱翔在天空上的感觉，真好！

你的美丽无人能比

◎ 红　鸟

生命是一种缘分，你存在，是因为你独卓的美丽。

你生来便与众不同，你不是无边的流云，不是河底的水草，不是星不是露，也不是任何其他的人，你从来只是你自己，你的美丽无人能比。

谁都有一个怀疑自己的过程，当我们看到那么多优秀的人在我们身边接受如风的掌声，我们难免有过自惭形秽的想法。“我只是卑微无用的人，在世俗的缝隙里无聊地延息着。”有时我们会这样悲哀地轻蔑自己。丑小鸭的故事已经讲得烂边儿了，你不敢相信那种奇迹会发生在自己的身上，你说你的生命里注定没有传奇。

其实你无意间让别人的光辉湮没了你的美丽，你在绝望的仰视中忘了前进，你耽搁着自己的美丽直到它在成功者的光环下孤独地枯萎。你一直忽略了生命赐予你的最重要的礼物，那就是你的自信，一种对自己说“我也能够”的勇气。

你能够成为你自己，而且必须成为你自己。一个人的美丽就在于他是他自己。

你无需崇拜也无需羡慕，因为每个人的美丽都不同。许多人也在羡慕着你，你相信吗？羡慕你单纯的思想，你热烈的青春以及无限可能的将来。你本来拥有许多许多，或许你正在悄悄地把它们错过。

如果你是青青的小草，你何须羡慕桃李的芬芳；如果你是芬芳的桃李，你又何须羡慕椰子的坚硬？呵护你自己的美丽，让它真实地开放，使世界微笑着把你收留，才是最重要的。

也许你的花朵很小，你的花香很淡，但那又有何妨，那是你的真实的美丽啊！那是你用自己的手对世界献上的独一无二的礼物啊！在所有的赠品中，你的美丽是惟一的，你的美丽无人能敌。

青春·青春

◘ 陆　樵

青春不是一段年龄，它是一种精神状态。青春的含义不是玫瑰色的两颊、鲜红的双唇和柔韧的关节；它是一种意志，一种领先创造的品格，一种情感的活力，它是生活源泉中漾出的一种爽气。青春意味着气质的优势，勇气超越胆怯的优势，冒险欲望超越贪图安逸的优势。这种优势往往在 60 岁人的身上体现得比 20 岁的后生身上还要多些。没有人仅仅因岁月而衰老，我们衰老的根由在于遗弃了我们的理想。岁月可以使人的皮肤隆起皱纹，但放弃了生活的热情，它就可以进一步使你的心灵老化。忧虑、恐惧和缺乏自信压弯人们的心灵，扭曲人们的精神，使其复归于尘埃。无论 60 岁还是 16 岁，每个人心中都存在一种对事物的新奇感，一种无止境的孩子般的对未来的憧憬和对生存竞赛的愉悦。在你心中，在我心中，都有一部无线电台：只要它接收到来自他人和来自上帝的诸如美好、希望、欢快、勇气和力量等信息，那么你就会永葆青春。当那些天线倒伏下来时，你的精神被自贱轻生和悲观主义的冰雪所覆盖，那你就衰老了，哪怕你只有 20 岁。然而只要你的天线高架在空中，捕捉着乐观向上的电波，你就有希望在肋岁的青春年华中死去。

人生有崎岖，也有坦途。

人生有搏击，才有美丽。

走出，不一定成功，但也不一定失败。那何不走出一回呢？

脱掉沉重的夹克，甩掉沉重的背包，穿上轻便的旅游鞋……

因为，我要走出。

感受幸福

李泉山

每个人都在追寻着幸福，渴望着幸福，但并不是每个人都能感受幸福。

有的人认为，幸福如天上的彩虹，美丽但遥不可及。其实，幸福对于我们来说，无时不在，无时不有。在残疾人的眼里，你是幸福的，因为你有着健康的体魄；在老年人的眼里，你是幸福的，因为你有着靓丽的青春；在单身者的眼里，你是幸福的，因为你有着温暖的家庭；在待业者的眼里，你是幸福的，因为你有着一份不错的工作。然而遗憾的是，不少人感受不到一直就在身边的这些幸福，拥有的时候熟视无睹，一旦失去才后悔莫及。

我们说，幸福，是一种对人生的感悟，对生活的体验，对生命的热爱，对美好事物的咀嚼。幸福并无固定标准，全凭个人的感受而已。也许，幸福是你坚韧不拔努力后获得的成功和掌声；也许，幸福是你写的文章变成铅字后的惊喜和快乐；也许，幸福是你劳累一天走进家门时爱人端上的可口饭菜；也许，幸福是你生日时恋人送上的鲜花和祝福……

幸福不是金钱的代名词，也不是“大款”的专利。无求无欲是种幸福；贪欲过度难以撑起幸福的小舟。所以，有钱未必幸福，清贫未必不幸福。关键的是，你要有一颗热爱生活的心，有一个奋进向上的目标，有一种执著的追求，这样，你才能感受到幸福。

一个人既要追寻幸福，创造幸福，又要感受幸福，领悟幸福，享受幸福。因为只有怀着幸福的心情去善待生活，你的人生才会时时有幸福相随。

阿尔的麦田

潘　桃

那一年，是在阿尔，金色的、一望无际的麦浪。一个荷兰人被这金色所陶醉，于是用颜料调成最炽烈、最刺眼的黄色，在画布上，画着他心中的金色——漩涡和生命。这个人叫文森特·凡·高。

以后的许多年里，人们开始了解这个画家，有些人亲自来到阿尔，他们说："啃，多美的麦田啊。"年轻的画家们也在画这金黄色，但他们失败了，他们画出来的金色似乎只有金色。也有科学家研究过，因为阿尔的日照时间长，麦粒的果实吸收了阳光，就无比耀眼。

后来人们发现——从他的书信里和房东那里——凡·高在阿尔看到的，不是麦田，是金色的太阳。

或许是因为走过太多的路，从伦敦到阿姆斯特丹到比利时煤矿到海牙到马赛到巴黎；因为生命中太多的阴霾、太多的失败，凡·高才会深深地爱着这里的阳光。

本来，作为一家画店的鉴别商，也算薪水不薄，但他不喜欢，他宁可一个人来到比利时煤矿工地上，在那里忍受饥饿、寒冷、疾病。他的父母不支持他，他被老师逐之门外，画商对他说："这幅画比上一幅有进步，但是……"还有高更，他最崇拜的画家，只对他讥讽嘲笑。他只卖过一幅画，一个美国老太太买的，那时他喜出望外，他以为，有人理解他了！

凡·高的弟弟，一生中惟一支持他的人，其实他并不认为凡·高的画好，但他安慰他，鼓励他，定月寄去钱和颜料，苦苦为他推销作品，直到凡·高离开人世。

正是这样，生活的颜色一点点沉积下来，渐渐成熟，形成了阿尔的金黄色。科学家们不是说，这是在烈日下，在阳光强烈残忍的照射下才形成的颜色吗？只有这样的黄色才会耀眼，才会夺目。

艺术家把生活的色彩写在纸上，失败是笔，人生是纸。

因为风浪，因为挫折，才最终筑成金色。

迎接希望

珊　子

昨日，我们一同走近爱溪，这条小溪并不像江河那样汹涌，但对于渴求心灵幸福的人来说，已绰绰有余。

我们心满意足地坐在岸边，看着深邃的溪谷年复一年刻下溪流的痕迹，品味永恒不变的天伦之乐，谁也不愿对溪流的未来冥思苦想。

曾有人试图越过溪谷，寻找更广阔的田园，但他们落荒而逃，伤痕累累。

终于有一天，投奔新世纪的旅程开始了。变迁的需要犹如闪电，从天空迸裂而下。

这是一次永垂青史的征程，只有坚韧不拔、勇于开拓的强者，才能走完乱石如剑的路。

黎明到来的时候我们赶上太阳，新生活犹如阳光充满热力与光彩。

我们在芳草如茵的牧场放牧希望，古老的温馨守候在路边，祝福我们一路平安。

假如我是一张白纸

◎于　琼

假如我是一张白纸，我愿用我的智慧，用我的汗水，让白纸上不再空白。

假如我是一张白纸，我愿让人用一支绿色的笔画上美丽的树林，有悠悠的远山环抱，有清澈的小溪流过。春天你来这里散步，夏天你来这里玩耍，秋天你来这里赏花，冬天你来这里赏雪。一切都撞进你静谧的心境，多叫人惬意啊！这里可寻求你儿时的童趣，这里曾珍藏你少女的梦，这里曾牵发着你青春的情……

假如我是一张白纸，我愿让人用一支蓝色的笔画上属于花季男孩女孩的天空，蓝蓝的天空白云飘，还有阳光洒向大地，那多叫人心醉啊！大家可以张开双臂站在太阳底下，睁开明亮的眼睛，思忖斑斓的人生，憧憬美好的未来，敞开想象的翅膀，飞向琼楼玉宇，空中楼阁，一同“起舞弄清影”。蓝天就如一个博大的胸怀，容得下万事万物；白云就如一个纯洁的心灵，不容许世间的那些五彩缤纷玷污了它，少男少女在蓝天白云下，没有烦恼，没有忧虑，没有惆怅，没有迷惘。

假如我是一张白纸，我愿让人用一支红色的笔画上一座友谊大桥，它就如一条红色飘带，把大家的心系在一起，谁又不渴望友谊的纯、真、深。人生在世难逢一知己，但只要一个人肯付出真诚友爱，知己又何尝不会有呢？你们这个年龄，是旋转的霓虹灯，是青春的橄榄，更是多雨的时节，大家可以一同沐浴蒙蒙细雨，一同演奏人生的轻音乐，多少梦幻，都将化作永恒的花蕾，开放在桥的四周……

假如我是一张白纸，我愿让人用一支灰色的笔画上一条曲折而漫长的征途——既有荒凉的大漠，也有深长的峡谷；既有横阻的高山，也有断路的激流。生活从来就是一片广袤的天地，决不会永远鲜花繁盛，蝶飞蜂舞；它还有风刀霜剑、冰雪封路。生活从来不只是有斑斓的彩梦、荣誉的鲜花、成功的微笑；它还会有酸涩的泪、紧锁的眉、徘徊的脚步、断肠的苦酒

假如我是一张白纸，我愿……

假如我是一张白纸，我愿的事许许多多。尽管神话传说中的“神笔马良”根本不存在，但彼此之间只要用一颗平凡的心，满腔的热血，哪怕只是一支普通的笔，白纸上不会再是一片空白——未来故事的主角将由我自己扮演，即使在人生的舞台上一次又一次地跌倒，我们也决不会轻易地说放弃。

自 信

◎ 明 堂

自信，是作家胸中的四书五经，是胸有成竹的画家腹内的稿图，是演奏家心中的琴谱。

自信，是学生考试完交卷的喜悦，是农夫播种后脸上的微笑。

自信，鼓励我们坚持不懈地向目标奋斗。

一棵大树，浑身是疙疙瘩瘩的伤痕，但它仍然枝繁叶茂，傲然挺拔。因为它充满自信。

一条小溪，一路都是曲曲折折的历程，但它仍然一往无前，磨平了阻挡它的石头，一路留下欢快的笑声。因为它充满自信。

在失败的威胁下，痛苦的折磨中，爱迪生攥紧了一根乌丝，贝多芬握牢了一根指挥棒，曹雪芹抓住了一支笔，并且成功了。因为他们充满了自信。

在人生的十字路口，当我们彷徨时，自信是一支指南针，为我们指明了前进的方向。

在生活的艰辛大道上，当我们犹豫时，自信是一盏照路灯，为我们照亮了前进的道路。

自信帮助我们战胜了脆弱，自信帮助我们克服痛苦，自信帮助我们总结失败的经验教训，自信帮助我们踏平陷阱，自信帮助我们改正缺点和错误。自信鼓励我们快马加鞭，奋勇前进。自信是我们的良师益友，引导我们走向成功。

有了自信，哪怕他是年过半百的老人，也有返璞归真、返老还童的天真，生活中洋溢着青春的气息，充满对生活的渴望和追求。

失去了自信，哪怕他是初出茅庐的少年，心里也只有老态龙钟的忧伤。

自信值得依赖，但不可依靠。你不能依靠自信超过险峻的高山，但你可以用自信劈出登山的石径。你不能依靠自信渡过茫茫的江河，但你可以用自信修造渡水的方舟。

但自信又不是螳臂当车的自不量力，也不是狂妄之徒的孤注一掷。自信是对某件事的成功有充分的把握，否则就成了自负。

自信，是我们生命的支柱。

准噶尔的地平线

沈仁康

我还从未见到过像准噶尔盆地那样广袤、那样深邃、那样悠远的地平线。

平时人们的目光常被局限在山岭、树木、各种建筑物的樊笼里，常被局限在淡云、浓雾、自然地形的桎梏中，目光投不到遥远的天地之交。

但是，当我旅行在新疆准噶尔大戈壁上，为这片凝固或半凝固的沙原所展示的辽阔和无限震动。啊，真有大海一般的气魄！极目游视，没有高峻起伏的远山，没有绵延的森林，没有热闹的村庄，只有平荡荡的、卵石遍布的大戈壁。它努力向前伸去，伸到天地之交。那天地之交，是一条平平的、绵长的地平线！

这里荒漠，但有气魄。

这里只有疏疏朗朗的芨芨草、骆驼刺……在旱风中摇曳，有些地方连稀草都没有。它是固定了的沙漠，没有水，没有生命；但它的广袤却给任何人以壮阔的胸襟，我在默默凝视地平线时，感到了心脏的膨胀。

地平线在远方。

在地平线上，清晨有初阳，这里的初阳没有那么红，它明明净净，没有晨烟晓雾的缭绕，特别的灼白；夜晚有朗月和疏星，也那么明明净净，没有烟云的笼罩，特别的晃眼。

地平线在远方。每当我向前跨进，马上会出现一条新的地平线，横亘在更远的地方。我仿佛从这里触摸到了点什么，我触摸到了我们的人生，当我们不断前进，生活远处就会出现新层次的憧憬。我们永远走不到地平线，但它总在吸引旅人不倦怠地朝前。如果我们可以达到地平线，那人生之路就完结了，人们的展望便不再延伸了。不，我们永远走不到地平线。超越自我的追求之后，一定会有一个新的境界、新的标准，在更远更远的地方产生，等待我们新的超越。

地平线，准噶尔壮阔深邃的地平线，使我难忘，也叫我思索很久。

莲恋莲

◘ 余光中

身为一半的江南人，第一次看见莲，却在植物园的小莲池畔。那是十月中旬，夏末秋初，已凉未寒，迷迷蒙蒙的雨丝，沾湿了满池的香红，但不曾淋熄荧荧的烛焰，那景象，豪艳之中别有一派凄清。那天独冲烟雨，原要去破庙中寻访画家刘国松，画家不在，画在，我迷失在画中，到现在还没有回来。

没有找到画家，找到了画，该是一种意外的发现。从那时起，一个绰约的意象，出现在我的诗中。在那以前，我当然早见过莲，但睁开的只是睫瓣，不是心瓣，而莲，当然也未曾向我展开她的灵魂。在那以前，我是纳息寒斯，心中供的是一朵水仙，水中映的也是一朵水仙。那年十月，那朵水仙死了，心田空廓者久之，演成数重沙草，万顷江田。那天，苍茫告退，嘉祥滋生，水中的倒影是水上的华美和冷隽。

对于一位诗人，发现了一个新意象，等于伽利略的天文望远镜中，泛起一闪尚待命名的光辉。一位诗人，一生也只追求几个中心的意象而已。塞尚的苹果是冷的，梵高的向日葵是热的，我的莲既冷且热。宛在水中央，莲在清凉的琉璃中擎一枝炽热的红焰，不远不近，不即不离，宛在梦中央。莲有许多小名，许多美得凄楚的联想。对我而言，莲的小名应为水仙，水生的花没有比她更为飘逸，更富灵气的了，一花一世界；没有什么花比莲更自成世界的了。对我而言，莲是美、爱和神的综合象征；莲的美是不容否认的。美国画家佛瑞塞有一次对我说：“来台以前，我只听说过莲；现在真见到了，比我想象的更美。”玫瑰的美也是不容否认的，但它燃烧着西文的爽朗，似乎在说：“Look at me!”莲只赧然低语：“Don’t stare, please。”次及爱情，“涉江采芙蓉，兰泽多芳草；采之欲遗谁？所思在远道”，这方面的联想太多了。由于水生，她令人联想巫峡和洛水，联想华清池的“芙蓉如画”，联想来自水乡而终陷于水的西子。青钱千张，香浮波上，嗅之如无，忽焉如有，恍兮惚兮，令人神移，正是东方女孩的含蓄。至于宗教，则莲既是怜。莲经，莲台，莲邦，莲宗，何一非莲？艺术、宗教、爱情，到了顶点，实在只是一种境界，今乃皆备于莲的一身。

流水之歌

◘ 廖本旭

谁知你原是一泓涓涓的细流，如今却凝聚成荡荡的江河，浩瀚的海洋。是因为感到生命之源日渐枯竭，不忍在山谷中虚度春秋？还是为着向往于海阔天空的自由呢？

谁曾想过：那浩瀚的沧海，荡荡的江河是深山的汇流？当人们初见你时，哪肯相信这小得可怜的细流，竟是汪洋大海，滚滚江河的源流呢？

你——涓涓的细流啊！从高山穿过层层纵横的岩脉与山丘，还有枯老的古树根和新发芽的青草地……伴和高亢的歌声，以极快的速度激越地向广大无垠的平原奔去，像一匹无羁的野马。可是——就算野马也须有片刻的休息啊！然而你这不受规范束缚的竞走者，却永远地只有匆匆。怀着坚强无比的意志和对于自由的恋慕，去迎击每一块丑陋、固执，阻碍去路的险崖巨石，而激起无比洁白美丽的水花……

任何阻碍不能使你停留，稍有不平便激起你的怒吼！你为了追求可贵的自由，不惜以生命与逆境搏斗。每当你高唱着胜利之歌，又冲过一段险阻的关口，就拍着愉快且富于节拍与旋律的掌声，带着那原始渔舟，匆匆地，匆匆地，以最大的欢欣，奔赴广阔无边的海洋。从此你与大海汇合，将生命献给无边的宇宙！你感叹生命的创造力，超绝于一切的伟大和神秘。

流水啊！愿你带着朵朵白云化成的轻舟，满载着向往的心情，驶过那阴郁的森林，及贫乏萧条的原野，到达广大自由的世界，去迎接从茫茫海雾里升起的旭日，然后在那浩瀚湛蓝的大自然的乐园里畅快荡遨！

一夜苔生

◎小　思

那不是幽阶，也一夜苔生。

有一段漫长日子，我不敢想起绿得慑人心意，使花也五色，树也无色的苔了。据说京都苔寺有一百几十种苔，多少品种有什么关系？欣赏者自顾拥一襟翠绿，轻轻带颗平静的心，走过小径，谁会躬下身来，分它一个仔细？满眼欲滴的绿，只长在坡上、地上、石上，绝不独立高拔如树如竹，也不多彩，不跟繁花比高下，却绿得深不可测。曾经这样想：苔如一个哲者，去看它是不能匆忙的，盘桓半天，然后一心如洗地归来。在香港，难找那么一园翠绿，也难有那么半日悠闲。有些时候，偶尔看到山坡路边点点苔痕，都赶紧提醒自己：赏苔必须悠闲；悠闲是一种浪费。

一场春雨后，温湿天气已经像初夏了。校园里几座用红砖砌成的花台上，植的杂树显现着无限生机，但在我眼中，树算不了什么，因为我只注意慢慢遮住了红砖的苔。长得真好，愈近地面，愈在人少站立的一边，就更厚更绿。下课离校时，总不忘看一两眼，这样做，心理上算得很悠闲，又不浪费时间。

怎料，几天假期过后，回到学校一看，红砖早给人洗刷得十分干净。大概，苔，不是树木，又自甘卑下，都市，繁华地容不下它。这使我很难过。

难过了好几天，匆匆忙忙工作，很快就把这件事淡忘了。上星期内，有过几场不大不小的夏雨，天气热得闷压人，只差蝉声，就是仲夏模样了。一个早上回校，蓦然又见红砖上隐隐苔痕。如果不洗去，再过些日子，一定长得比一片青草地更耀眼。

说起草，它就较苔幸运，因为它毕竟比苔竖得高些，给人践踏了，坐了也不走样，都市人认为有一片草地，就有“拥住自然”的气派。苔，那么幽静，不让人践不让人坐，都市人实在不容易接纳它这个性。

默祝那不生在幽阶的苔，终也有人欣赏。

祖国，假如你是一棵银杏

李冰清

祖国，假如你是一棵银杏，就收我做一片蝶状叶子吧！春天，我是你一片构思的理想，一片复兴的心愿。为了使你那熬度过三千万年前冰川的古老的虬枝，萌生娇嫩的希望，我会冒着料峭春寒，在你的枝尖率先吐出新芽，把你逢春的消息报告给海角天涯；夏天，我是你一片生长的豪情，一曲滴翠的歌唱，我知道你处在拔节的岁月，是多么需要营养啊！我要为你去摄取阳光，去吸取雨露，去酿造你所急需的叶绿素；秋天，我是你一片割不断的恋情，西风可能会把我吹落枝头，但我决不会随风飘流。生要做银杏有骨气的子孙，死要做不变节的鬼魂；冬天啊，我是你一片温存，叶落归根，我会紧紧地依偎在您的脚下，冰雪里，我会搂抱着你，哪怕为你增添一丝体温，也是尽我该尽的一份心意！

啊，祖国，假如你是一棵银杏，就请收我做你的一朵花儿吧，插在你的头上，戴在你的胸前，我愿用我的生命之花，去为你的美丽容貌增加一点娇艳；我还愿把我的青春之花研磨成胭脂，去染红你那梦寐以求的心愿；我还愿泼洒我生命之花的馨香，招来更多的蜜蜂，去为你酿造喝不尽的蜜浆，以冲淡你在漫长生活中那些苦涩的回想……

啊，祖国，假如你是一棵银杏，就请让我做你的一块树皮吧！曾从老人们的传说中得知你生长的艰难，也曾从史书记载中了解到你成材的沧桑。狂风，摇撼了你数不清的年代；暴雨，冲击过你查不清的世纪；寒冰、酷冷冰冻过你记不清的岁月；霹雳，不知给你留下了多少内伤，多少外伤；闪电，不知给你的心灵和躯体刻下了多少痛苦的记忆……靠了什么，你才熬过来了？你不是靠了你那坚忍的意志和那饱经忧患的树皮吗？银杏啊，收下我，做你不能没有的皮肤吧！平时，我会拼尽全身气力，为你输送供你生长发展的汁液，遇上狂风暴雨的日子，我会为你舍生忘死地搏斗！霹雳来了，我会奋力迎击，为了你的生存，我时刻准备将生命化为齑粉；闪电来了，我会全力迎战，为了你的安危，我时刻准备被闪电击碎；如若遇上新的冰期，就请把我从树上剥落下来，去点燃炽热的火焰，把那封冻的冰川融化掉……我要用我的生命筑成的防线，去保护大树的健全和安康。

祖国啊！你是一棵美丽的银杏，我期待着，期待着做你的一叶，一花，一树皮……

一声鸟叫声惊动了午后的每一根琴弦。我意识到又一个黄昏已经来临，因为太阳又在不紧不慢向着西边散步。

老　树

◘ 龚　蓉

在寒夜一般死寂的荒原上，只有一株老树还在宣读着生命的誓言。

那是一棵不知名的老树，苍劲的虬枝向四面八方极力延伸着一种与蓝天相吻的渴望，依旧在树冠上蠢蠢欲动。

风在老树的怀里哭泣，它们痛恨自己无能无法抹去皱老的脸庞。一种生命征服另一种生命的亵渎，自己去攀登自己的形象只能靠自己去树立。

每一条根是生命的起点，每一条根都是生命的终点，在这根与根的交错中淤积着比死亡更深刻的痛。

没有体验过流血的惨痛，就不懂得萌芽的价值；没有满足过野火的贪婪，就无法储蓄翠绿的激情。

老树把所有的热忱都留给了脚下的土地，光秃秃的枝条洋溢着不变形的沉默。学会沉默，也就会更好地出击和保护。

只有不屈的生活，不懈地奋斗，不断地超越生命才会像绢花一样久久地开放。

真正的坚强并不决定于你的遭遇如何，而是取决于你面对遭遇时的态度。只有首先看清了世界，才能看清自己。

日子的颜色和厚度有一片叶子就可以书写得淋漓尽致，生命和爱情有一条细枝就可以反反复复地取挂。

让拥有的永远拥有，让尚未拥有的慢慢拥有。生命之网就会一天天地扩大，一天天地结实，一天天地丰硕。

只有把根深深地扎进泥土，生命才能坚不可摧，只能让残骸在泥土里卧成一个春天，生命才会欣欣向荣。

生存的目的不是从泥土中吸吮些什么，更重要的是给泥土留下点什么。

在凋落的旅途上，老树的梦同样绚烂。即使是写诗的心，绘阳的手，也无法描绘出老树内在的美丽。

确实，比生存更诱人的是死亡，比死亡更永恒的是精神。

情系清茶

许立菊

离家久了，常会恋起家乡的清茶。

那时，家家门前都种了一株错落有致的茶树。

春天，眼看着茶树上发出了嫩绿的小芽，像新生婴儿细细的眉眼。

夏天，已是满树绿叶了。微风吹过，片片绿叶轻轻晃动，如串串耳坠。小村中常常盈着一缕若隐若无的幽香。

这时的茶叶很嫩，不宜采。到了八、九月间桂花飘香的时候，是最好的采茶季节，此时的茶叶别有一番成熟的风味。采茶姑娘们端着细竹筛，相邀着去采茶。她们左手把筛子端着，右手握着尖尖的小剪，随着“嚓嚓嚓”一声声脆响，片片茶叶在“沙沙”声中纷纷飘至筛内，如蚕儿食桑，似春雨连绵。

用清凉的河水洗净茶叶，然后整整齐齐地摆放在大篾筛内晾晒。待茶叶上的水分蒸发干了，支一口干燥的砂锅，把茶叶用火烤干、炒热，直到茶叶干脆脆的即成。

煮茶别有情趣。炉子里火正旺，用一把古朴的茶壶坐在火上。俗语说，“开水不响，响水不开。”当壶水不响，却“滋滋”地向外冒着腾腾热气时，捏几片茶叶扔进去，小烧片刻，等你揭开壶盖时，一阵浓郁的茶香便扑鼻而来。如若再掺上一点凉水，小煮一会，茶味更醇厚更香甜，沁人心脾。

茶水凉后，味变得清甜淡雅，空气也似乎更加清恬怡人。茶色是深桔黄的，啜上一小口，清清的茶香弥留在嘴里，久久不散……

饮茶，重在品味这个“淡”字，要从清清淡淡的茶水中品到可口香醇的风味。

许是长大的缘故，父母终于让女儿独立生活，让女儿出去走自己应该走的路。做女儿的却不能理解父母的心情，常常好委屈。

想起清清的茶水，做女儿的终于明白了。

爱，本应淡如清茶的。

在淡然中，包含着深沉博大的醇厚的爱意啊！

爱，如清茶般的恬淡。

何时再能品一品那淡淡的清茶？

大自然的请帖

◎ 原　野

朋友，眼下正值春天，请投身到大自然的怀抱中来！

大自然，不论贵贱，不求回报，请你走出狭窄的小巢，摆脱拥挤的人群，告别喧嚣的城市来到大自然。

请你到流泉淙淙的山涧来，请你到生机勃发的森林来，请你到野渡无人的河边来，请你到空气清爽的原野来。

来吧，来吧，请你全身心地扎进大自然的襁褓中来！

你可以登上高山之巅，近看悬崖绝壁石破天惊巨松凌云古苔常青，远眺山外有山天外有天山重水复柳暗花明。你可以攀危峦穿云雾赏瀑布，拥抱逶迤群山拥抱冉冉旭日，体会那一份雄壮那一份秀丽那一份深邃那一份庄严那一种磅礴。你可以亮一亮你那闷得发霉的嗓子，喊一声“我来了”！体会一下气壮山河、山鸣谷应的豪气和韵味。山登绝顶我为峰，你会感到心也宽了气也壮了人也雄了；你会豁然开朗会心有灵犀一点通。天、地、人，会在一刹那间融化为一体，达到永恒达到不朽。

你也可以躺在软绵绵的沙滩或草地上，悠闲地望着天上的白云，听河水瀑瀑桨声咿呀小鸟弹琴，看小桥流水岸柳成林炊烟袅袅北雁南飞，享受那一份闲暇那一份宁静那一份潇洒那一份温馨。你可以采一束野花带回去，拾一把白卵石带回去，捕一只彩蝶带回去，留住春光留住激动留住一页页美好的回忆。你可以低吟浅唱嬉水打闹流连忘返。你可把竖起的耳朵放下，把倦怠的眼睛闭上，把绷紧的神经放松，不再道貌岸然装聋作哑大智若愚故作高深；你可以反朴归真还原自我；你可以物我两忘；你可以什么都不想，也可以什么都想。

朋友，这就是雄伟的大自然，这就是秀美的大自然，这就是神奇的大自然，这就是每一个细胞都散发着魅力和芬芳的大自然。请浏览一下我笔下的这份小小的请贴，握紧这一刻千金的春光，在大自然的巨绿中痛痛快快地洗个澡，漂漂亮亮地作幅画，潇潇洒洒地写首诗吧！

乡野黄昏

李自然

黄昏是一个美好的时候，却因为文人多事而蒙上了一层悲凉的色调，于是让“夕阳无限好，只是近黄昏”的咏叹，凄凉了数百年的时空。

深秋的黄昏，漫步旷野，远离世俗尘嚣，感悟自然的灵性，别有一番情致。微潆薄霭恰似越来越浓黑成一团的远村的裙裾，飘渺逸美，妙不可言。收获过的田野犹如横遭掠夺的废墟，裸露出黑黝黝的胸膛；又像产妇的憔悴，洋溢着自豪而幸福的甜美。几丝败草散落于深秋中，应和着未尽的庄稼茬，悄语着对即将到来的严冬的恐惧；不知名的小鸟匆忙掠过头顶，无声无息地融进了暮霭中，俨然忘记了“未晚先投宿”的古训，归根的落叶融身于泥土，期待着来年同春天一起笑傲于枝头。几辆自行车疾驰而过，铃铛摇成一串零碎的歌声——一群赶着上夜自习的农家子弟——他们无暇徜徉于这黄昏的金秋，此刻也暂忘却了求学的艰辛，放开稚嫩的歌喉，感动于这黄昏的温馨。

牧童短笛已是难得一见的田园景观，而千百年来，暮霭缭绕，炊烟四起中荷锄而归的农人哼唱的无字歌却久久地动人心弦。没有奢求丰收的喜悦，也没有妄想成功的颠狂，只把追求播种凝成永远沁人心脾的希望，把孜孜不倦的劳作凝成土地般的永恒。黄昏的时候，一个温暖的家等着他，把荷肩的锄连同辛劳疲乏一起搁置墙角，抚摸着已齐胸高的儿子的头顶，端起早已温好的酒，就着这黄昏的温馨一起融进他滚烫的血液，把一管旱烟吧嗒成一轮黑夜里孕育的太阳，连同明天的黎明，冲破黑暗，光芒万丈。

生命的音乐

李云龙

春天是迷人的。我在春日里寻寻觅觅，拾得不少珍宝。其中，最使我倾心的是一组生命的音乐。

庄稼苗破土而出的时候，我回到故乡，望着无边的田畴，发现处处都是奇迹。我看见一颗颗刚刚顶破地皮的嫩苗，那般纤弱的苗尖，竟顶着一片片黄土，甚或一块块顽石。虽然那黄土片儿，顽石块儿并不算大，可是对于刚出土的幼苗来说，那就堪称是大山了。这是怎样悲壮的景观呀！然而尤其动人心魄的是，当我刚要蹲下来仔细察看时，有不少黄土片儿顽石块儿纷纷被顶翻掀落，透明的褐色或鹅黄色幼苗昂然而立，威武坚挺得就像是顶天立地的斗士。我终于感动得哭了，久久不忍离去，凝视着，沉吟着，玩味着这可歌可泣的抗争和搏斗，不屈不挠的意志和浩气，忽然只觉得一股无比的生命力注入我的心海，涌起“黄河之水天上来”的排空巨浪，发出“决昆仑”、“触龙门”的轰天巨响，惊雷般高奏着生命的音乐，回旋激荡于天地之间……

那天，神似喇叭和唢呐的泡桐花直把我醉得晕晕乎乎，歪歪斜斜，好不手舞足蹈。一年一度的泡桐花，开成一朵朵一串串一簇簇一团团，实在是都开狂了开忙了！我自信是泡桐花的知音，知道它为何开得这般高兴。那是因为它又看到了从沉睡中醒过来的大地，又看到了鲜嫩鲜润鲜翠的春天，又看到春天所创造出的生命和生命的力，特别是又看到了经过无数次阵痛而出生的生命和生命的力是多么不容易！因而千千万万朵泡桐花，万万千千只喇叭和唢呐，就像早就把贝多芬、莫扎特、肖邦、舒伯特等盖世大师的一阙阙不朽的乐章烂熟于胸，一齐对着蓝天，对着山川，对着人间，以其恢宏奔放的情怀，吹奏着生命的狂想曲，激扬着生命的旋律，向天地人倾诉着生命的意义，表达着生命“曾经奋斗，曾经痛苦，曾经流浪，曾经创造”，警示着生命的真谛是创造，

“唯有创造才是欢乐，唯有创造的心灵才是生灵”，

“创造是消灭死”，呼号呐喊着生命永不绝望，生命是永久永久存在的。

真挚的友谊是港口，等待着你归来，等待着你的停靠。

嗨！二十岁

◎ 崔 俊

二十岁，咏怀青春，修饰年轻人的成熟；

二十岁的心，似迷潆烟雨，时而苍茫一片，时而泄露真挚激情。

二十岁，是一颗躁动的心，充满幻想，喷着霞光一般的炽热；

二十岁的心，无数次感到昨日的遗憾，既有一串串七彩的希望，也有一份苦涩，一份烦恼。

二十岁，对于人生来说，不仅仅是个含苞的岁月；

二十岁的季节，是一个美丽缤纷的梦；二十岁，热烈而又故作深沉地谈论人生的问题，便有了许许多多的迷惘、困惑和憧憬、希冀……

走进二十岁的世界：风是轻纱，雾是迷茫，少男少女的天真，盛开一路含笑。

走进二十岁的天地：潇潇洒洒、痛痛快快来段霹雳、探戈，在大汗淋漓中宣泄，在轻风细语祈求友情、理解。

走进二十岁的生活：学会追求，学会宽容，学会解脱，学会在现实中成熟。

哦，二十岁，是抹去天真，露出朦胧，作出幻想的年龄。

人人都有过二十岁，在这段人生旅途中，彼此都会有领悟的喜悦，理解的快乐，也会有失意的烦恼，困境的忧愁……

嗨！二十岁，是人生一个崭新的开始。二十岁，埋在心里的记忆，永远不会消逝。

何必忙着为自己解释

◎ 颖　启

“人的年轻只有一次，何必忙着为自己解释……”

这是一首港台流行歌曲中的一句歌词，语言十分通俗，但却说明了一个深刻的道理，给人以启迪。

如果你干一件事情，失败了，为了表白自己的能力，你开始忙于解释，向所有目睹甚至了解事情经过的人解释。说你当时太紧张了，说你那天家里突然发生了一场事故，说当时的客观条件产生了戏剧性的变化。你可以说出许多理由为自己解释。尽管这些理由全是真的，尽管人们在听你解释时会不住地点头，尽管你为自己解释花去了大量的精力，但最后换来的又会是什么呢？是人们的同情？还是人们真正的理解？假如失败后你把人们的种种议论和白眼都弃之脑后，默默地去查找失败的原因，探索解决的对策，重新开始，用最短的时间获得成功，无需你解释半句，人们都会从内心里改变对你的看法，因而佩服你。

如果你无意间说错了一句话，伤害了你的朋友，为了不影响你们之间的友谊，你开始向你的朋友解释，说你当时昏了头，绝对绝对不是有意识的。你的朋友或许不以为然，当时就和你发生争执；或许甩给你一个背影，之后与你分道扬镳；或许当时表示谅解你，但在你们两个人的心上，将永远留下这个不愉快的印记。每当回想起来，你与朋友说话、办事可能就有点不太自然，朋友也会因此而产生想法，给你们的友谊带来损害。假如你不作任何解释，你的朋友或许当时精力不大集中没有留意，或许认为话虽然说重了一点，但认为你们的友谊有深厚的基础，说话随便无关紧要，更重要的是今后你继续用一颗真诚的心去对待朋友，你的朋友自然以为你当时的失言是无心的，你们的友谊一定会更加牢固。

如果你付出了大量的心血，做出了惊人的业绩，但却没有得到应有的报答，你便开始解释，向领导解释，向同志们解释，阐述你的艰辛与成绩。不管你用怎么委婉的语辞和谦恭的态度，很可能会引起人们的反感。领导认为你邀功请赏，同志们认为你自吹自擂。你不但得不到应有的报偿，反而会把自己弄到尴尬的境地。相反，假如此时你一言不发，但人们的眼睛是雪亮的，你一定会获得有心有眼人士的同情。即使有人从中作梗，也阻挡不了群众的力量，你终会使人们心悦诚服。

人非圣贤，每个人都会出现失误。无论是自己失误还是别人失误，自己都可能遭到误解。有时解释可以消除云雾，但有时解释不但是多余的，反而会增添烦恼。

人的年轻只有一次，而且非常短暂。我们何必为了自己做错了一件小事，亦或别人无意间伤了自己，而去苦苦地纠缠和解释呢？时间能做出最好的解释，事实会做出最公正的回答。

纵然失落也潇洒

江艺平

春华秋实，夏荣冬枯。人生譬如四季，每一个季节都生长着特定的内容。就像雨季总是滋生出干热里没有的浪漫，伏天永远躁动着雪地所不及的激情。

错过了生命的季节，那会怎样？

东方的书上说：

“人生三十未娶，不应再娶；四十未仕，不应再仕。”

西方的书上说：

“一个人如果在二十岁不英俊，三十岁不强壮，四十岁不富有，五十岁不睿智，那么他这辈子就别想再英俊、强壮、富有和睿智了。”

结论似此，未免近于苛刻。

其实，即便苛刻的先哲都三缄其口，我们又何尝噤得住那一声扼腕的长叹——为了别人拥有而自己不曾得到的英俊、强壮、富有和睿智；为了阴错阳差而一时迷失的青春、友谊、爱情和机缘，我们不总是蹉跎在一次又一次的失落中？

我咀嚼过失落的痛苦，黯然认定那是难以下咽的一种人生体验。只因矫饰的本能，而对它讳莫如深罢了。直到有一天，不期然与京城的陶兄作一夕谈，迷津乍破，惊然而憬悟于心：无失落，无所谓人生。

陶兄，“文革”前北大的高材生，二十出头即以文名显，三十蒙冤坐过几年牢，行将不惑，始考取新时期首批研究生，半辈子大起大落，足以推衍出一部精彩的长篇。

人生真是一部奇书。彼时患难与共而终至绝处逢生，焉知竟留下日后伤感悲情的伏笔？陶兄落难于江湖之日，曾得一姑娘倾心相许，爱得生死不渝；及至为重圆“著书立说”之梦，四十岁复返考场，寒窗数载，混出个人模人样，妻子却和他分手了。她也有她的事业。为了他而舍事业，她不甘；为了事业而弃他，她虽不忍，奈何两地分居，日久而情淡；牛郎织女，遂成参与商。

陶兄说，不管妻子作何抉择，他都成全她。情淡了，是缘分已尽，该撒手时须撒手。何况，他欠她相儒以沫的一段至情。为她而撒手，也算是一种回报。

朋友诧异于陶兄超脱且细腻至此。他淡淡一笑：半生坎坷，委实失落过许多；把它们垒起来，便是一堵墙，足够你撞破脑壳死上一千回。可失落多了，也能咂出点至理：人在旅途，总有看不完的景致，水穷之处即云起之时，错过了，岂不可惜？来世上走一道，能尝遍酸甜苦辣，也不枉此生。

这个陶兄，从骨子里透出的潇洒，为我辈不及。

人活着的意义应当是在过程，而不是结论。遗憾的是，在人生之旅中，我们常常是盲目而浮躁的“过客”，对沿途赏之不尽的四季风光视而不见，却一门心思去寻找所谓的“十全十美”的终极。

囿于功利，必定为失落所累；羁于失落，必定潇洒不起来。

心中的影集

倪正阳

母亲的10张照片被我藏在她找不到的地方，她天天都问我：“阳儿，我们的两卷胶卷印好了吗？”我天天都编织各种理由说“没有”，因为我想选择一个适当的时候和地方把照片给她看。

母亲不在的时候，我总要忍不住再一次地端详那些照片，特别是那张和母亲的合影：柔和的紫罗兰壁灯下，我依偎着母亲坐在沙发上，母亲的脸庞还是那般美丽，而那双笑起来如两弯月亮的眼睛却分明失去了昔日的神采。巧合的是我和她都有一绺发丝顺着脸颊飘下来，我的发丝仿佛在偷偷地俏皮地笑，而母亲的却透出一丝凌乱与疲惫。

看着母亲的苍白和憔悴，我陷入了深深的不安和说不清的内疚。我怕她看到自己的容颜会默默地伤感。我知道母亲是典型的东方女性，内向多感，平时遇上再多的不顺心再大的委屈，也从不大声地倾诉流露，对我和父亲永远是那般无微不至的柔情与关怀。她有时也寂寞。可她把她的寂寞都挥散到了我和父亲的笑话中。她仿佛忘却自己的一切。即便如此，我又怎能忍心唤起她一点点的伤感与感慨？

我看到过母亲做新娘时的照片。当时母亲已 28 岁。照片是父母婚后 5 年经长辈一致提议决定补拍的，她依偎在高大英俊的父亲身边，披着一头垂到腰际的黑发，配着粉红的花饰，那甜蜜的笑靥在洁白婚纱的映衬下，绽开得年轻妩媚。曾经，父亲到前南斯拉夫领事馆办事，一位官员上下打量了他多时，然后把他带到一个大橱窗前，指着里面的一幅放大婚照问我父亲：“是您和尊夫人吗？她太美了！”那镜框的背面写的大约是“东方上海开始时兴婚照。一位最美的东方女子使整个城市充满了魅力。”

可那仿佛已好遥远，曾经因美丽备受宠爱欣赏赞美的母亲能平心地对待今日落英缤纷的凉意吗？我决定在那个周末交出照片，因为是周末，我将有充分的时间陪伴她忘却些什么……母亲往往没有星期天。

不料回家，母亲居然不在。写字台上留了张字条：“阳儿，今晚我去参加一个大手术，所以别等我，晚饭已准备好，热了再吃。爸妈都不在，别大意别调皮。”

也许是为了逃避什么，我将 10 张照片放到写字台上，比往常都睡得出奇的早。

夜很深时，睡意朦胧中我发现母亲坐在写字台前端详照片。她好像在剪好像在写。她的手中握着一叠照片。难道她在毁掉那些照片？难道她会怨尤地凝望一整夜？可我又觉得她好像下意识地回头朝我的床位望了望，那么无私那么坦然那么幸福的笑容。来不及去想什么，我又进入了梦境……

星期天的阳光从黎明的云霞中钻出来洒在我蓝碎花的窗帘上，我猛然发现枕边又多了一本影集。翻开第一页——“天然去雕琢，清水出芙蓉——给惠质兰心的阳儿”，是母亲娟秀的字迹深情地凝望着我。然后，从第 2 页起是我的最近的照片，几乎每张旁都布局别致地嵌着一枚粉色或淡绿的写着文字的心型纸片。我倚在阳台栏边望星空的那张照片旁写着：

“何必月下吟诗？你就是一首蝶恋花。”我抱着大洋娃娃吃冰淇淋的那张旁写着：

“笑是灿烂的笑，哭是晶莹的哭。”我撷着一束茉莉在合笑沉思的那张旁写着：“雨季清芬，素馨幽幽，你正走在我不曾走过的美丽青春路上。”……我忽然想起了昨夜灯下的母亲，那么潜隐的情怀啊。我仔仔细细品尝着母亲的每一句诗，直到最后的空白处飘出一张信纸：

“亲爱的女儿，我写不出一首完整的诗给你。诗是惆怅，你当快乐。谢谢你对我的隐瞒和珍藏，其实我已等待了好久，让你交出那些照片。人生并非只有一处缤纷烂漫，只要凋零的是花，而不是心。你说呢？”

默默地把影集贴在胸口，黎明的阳光已分解出千丝万缕的温柔。空气很清，风儿很明，母亲，我们都要把心留住……

不敢独享的八个字

郝明义

中文不像英文有那么多现在、过去、未来等时态的分别，在这一点上，中外有所不同；中外皆然的，则是对时间有些选择性的偏爱。在现在、过去、未来三种时间形态中，我们对过去和未来有些特别的情结。

过去的愉快或幸福，在时间的沉淀之下很容易突显，往往夸大其事。

过去的痛苦或悲哀，在时间的冲刷之下，很容易淡出，往往恍若云烟。

我们对过去，有一种往好处归纳的情结。

我们对未来，也有一种往好处演绎的情结。

对未来的机会或期待，很容易扩展其各种可能，往往异想天开。

对未来的危险或困难，很容易简化其各种关卡，往往自欺欺人。

在过去和未来之间，我们最不经心的，就是现在。

在归纳和演绎之间，我们最没有办法面对的，往往就是现在。

现在，一不小心就成了未来和过去之间的鸡肋。是未来还没有到来之前的过渡，是过去还在徘徊不去的余韵。

现在的美好，难比过去的回肠荡气，难比未来的令人雀跃。

现在的痛苦，总比过去的更为真实，总比未来的更为切身。当然有些人是另一种状况，过去的痛苦永远是一道道越来越深的创伤，未来的困难永远是一步步越来越恐怖的陷阱。这些人从另一个方向对时间做了太多取舍，结果是忘记了现在，轻忽了现在。

在工作的世界里，特别容易如此。尤其是做了一个中层主管之后，过去的挫折已在脑后，未来的挑战尚且遥远，只有现在的难题最是棘手；过去的成就可以随手拈来、琅琅上口，未来的机会可以纵横规划、大展宏图，只有现在的资源和任务，不大不小，难以施展。

对时间的这种偏爱，真是很大的偏差。如果真要有所偏爱，我们应该偏爱的是现在。

再好的、再坏的过去，也已经过去了，和现在的我们无所相干；再好的、再坏的未来，也尚未到来，我们不必因而手舞足蹈或心惊胆战。

只有现在的快乐，是最需要体会的；只有现在的困难，是最需要解决的；只有现在的机会，是最可以掌握的。

除了现在，我们别无所有。

当我们可以如此认识的时候，也就会发现：当现在流逝为过去的时候，我们可以增添多少美丽的回忆；当未来转化为现在的时候，我们可以兑现多少的机会。

前一阵子，向一位长者请教，他送我八个字：“把握现在，面对现实。”本来觉得太简单，也太老套了，后来深觉妙而无穷，不敢独享，因此写在这里。

母亲是春天

尹雪曼

好久没见到千援了；她是个年轻的女孩，聪慧的女孩，感情丰富，才华闪耀。但是，这天傍晚从街上回来，却在信箱中发现一封她寄来的信。

她常常有信来，谈一些生活上、感情上的小事。在轻描淡写中，可以感受到一个少女的多度与任性。我喜欢孩子，也喜欢千援。孩子能把春天给我带来，把笑与温暖给我带来；千援也能。因此，孩子不来的时候，我期盼千援。千援不来的时候，我期盼孩子。然而，事实常常是没有期盼的那么美好；孩子不来，千援也不来。于是，春天仿佛走了，温暖仿佛消失了；展现在眼前的，只是凄冷，只是寂寞，只是孤单。我是多么地需要春天啊！就像冬日的小苗需要阳光，稚龄的孩子需要母爱。

在她的信上，千援说：“您是五月几号南下演讲？是否在母亲节前后？我用我仅有不多的积蓄，买了条链子，将送我最亲爱的妈妈，并想亲自为她戴上。她一辈子都没有戴过人世间的闪耀；没有享过人世间的快乐；我希望我能给她那么微小的一点点……”

好孩子，我想，并着实地在心中感动起来。12岁那年，我的妈妈过世了。当她静静地安详地躺在棺木中时，她那秀丽的脸，仿佛仍浮着一片满足的微笑与闪烁的光彩。这时，小姑姑悄悄地走过来，说：“孩子，拿这撮洁净的棉花为你的妈妈洗洗脸，她就要上天了……”说着，小姑姑的眼泪流下来，我的眼泪也流下来。但是，我仍旧遵照小姑姑的嘱咐，用那一小撮洁白洁白的棉花，蘸些清水，以颤巍巍、笨拙拙的手，在妈妈的脸蛋上擦了擦。妈妈没有说话，甚至连眼皮都没有眨一下。她仍旧安详地躺在那儿，躺在棺木中，可是，小姑姑却哭了，我也哭了。我一边哭，一边在心里说：

“妈，你就要走了吗？你还年轻啊！而大哥16岁，我12岁，小弟只有两岁啊！你为什么抛下我们，一句话不说地走了呢？”

那一天，我从家里哭到坟上；又从坟上哭回家。在哭回家的路上，挨了一顿骂；因为在从坟上回家的路上是不准哭的。可是，我忍不住。我要妈妈，弟弟妹妹也要妈妈。妈妈忍心不要我们走了，永远地走了。为什么我不能哭呢？

没有妈妈的孩子最可怜。可是妈妈活着的时候，妈妈在跟前的时候，却不觉得妈妈重要。有时候，会觉得妈妈爱管闲事、爱啰嗦。回家晚了，她会啰嗦；衣服穿少了，她也会啰嗦；还有，偶尔不开心、闹情绪的时候，妈妈还会“打破砂锅问（纹）到底”，问上一连串的为什么？不高兴就是不高兴嘛，有什么好说的！可是妈妈偏偏要问，好烦。

但是，一旦那个最会令人心烦的妈妈走了，全世界可就再没有一个能令你心安理得的人了。那是说：只要妈妈在，全世界都美好；花会开，风会吹；鸟会叫，蝴蝶会飞，太阳会照耀，春天会来……妈妈就是春天啊；妈妈也是太阳，是温暖，是爱。没有妈妈，就没有春天，没有太阳，没有爱。所以没有妈妈的孩子最可怜。

大多数的孩子是幸福的，因为他们有妈妈。千援是幸福的，小荷是幸福的，因为她俩也都有妈妈。

风雨旅程

◘ 邱仲吾

清晨，刚起床，就看不见以往的阳光斜人房屋，感受不到阳光的温暖，只觉得冷冷清清，有点寒意。走近窗户，刚伸出手，偶尔发现窗上的玻璃有稀疏的雨滴。这时，伸出关窗户的手，反而把窗户打开。啊！飘飘渺渺，宛如一片婚纱，多么的柔，真可谓是“天街小雨润如酥”。放眼望去，满天的雨丝，天上飘浮的阴云，给人一种天灰灰、地灰灰的感觉。

雨，淅淅沥沥地下着。天潮潮地湿湿，连自己的联想也湿润润。遥想孩童时，下雨天就把平时所做的小纸船放在小溪里，开始它的风雨旅程。此时，孩童的我遐想，它是否能顺利地驶进大海；是否会以顽强的意志与小浪花作斗争呢，为了避免这些，我还是遐想，应怎样改进船的安装，怎样使船更好地与海浪作斗争。

曾因如此，就想当一名勇敢的水手，饱览世界。

雨，零零散散地下着。无意间，发现了一只被雨淋湿翅膀的鸟。可怜的鸟儿翅膀已经疲倦了，但它的内心还是在祈祷，祈祷这雨停，祈祷会有母鸟来带它去，带它去那原来栖息的地方。瞬间，它的翅膀搏动微弱了，越飞越低，终于一头栽进那草丛中。我长叹着，并为那鸟祈祷，祈祷它能再次飞起，从风雨中飞出……

雨，还在点点滴滴地下着。我思索着，思索着飘雨的日子那么轻盈、透明、清纯、朦胧，思索着自己一腔的热血、一腔的情怀会不会在雨中消失了？思索着未来的那一幕幽帘的背后会有怎样一番景致。

是山外青山的寻寻觅觅。

还是大雁飞过的风雨旅途。

从茶花女到戴安娜

杨　眉

读罢《茶花女》，便自然而然地想到了戴安娜王妃——同样的天生丽质，雍容高雅，同样在魅力四射的年龄香消玉殒，同样引来无尽的嗟叹、惋惜。想来，造物主也够神奇，在短短的150年间，居然为世人奉献了这么两个玫瑰色的童话。

别以为小仲马笔下的“茶花女”只是一个幻影，据翻译者夏康农先生介绍，“茶花女”确有其人，而且曾是小仲马的情人。她，就活生生地生活在19世纪的巴黎；她的一生，就是骄奢淫逸的巴黎社会的缩影。透过小仲马的笔触，我们可以感受到她的呼吸，聆听到她的心跳，让她的眼泪沾湿我们的衣襟。那种真实的感觉，宛如当日戴妃魂断巴黎后铺天盖地充斥我们视听的报纸、书刊、广播、电视……

茶花女与戴妃，一个是繁华都市进出的名妓，一个是尊贵宫廷中的王妃；一个只被上流社会当作饭后谈资，一个却以慈善心肠赢得世人的尊敬。然而相对于所处的时代，她们都是叛逆者。茶花女本性清静安闲，渴望柔情，然而生活迫使她堕入风尘，长期处于闹槽中，促成了她的喜怒无常，她的过度纵恣，促成了她的早死。她风度雍容，又从来视上流社会如无物，纵情大笑，不留情面地予权贵以难堪；她曾陷入骄奢糜烂的生活中不能自拔，然而又能鼓起勇气抛开一切繁华隐没宁静的乡村……她视爱情如生命般严肃，甚至以死来祭奠这种情感！这种勇气，正是《茶花女》一书熠熠生辉之处。而戴妃反叛的，并非一个时代，一个社会，也决不是简单的一个宫廷，她反叛的是残余至今的标榜着“上流社会”的礼教！她把患爱滋病的儿童抱在怀里，她自由地在查尔斯的“围城”之外寻找真正的幸福，正如给保守的皇宫贵族发射了一枚枚炮弹！郭沫若在《匪族颂》中为一切反叛旧传统者大唱赞歌，茶花女、戴安娜，同样应赢得世人的尊敬与祝福——不仅仅是眼泪。

如果说，茶花女的死，是对当时骄奢无耻的社会的鞭挞，那么，戴妃的死，则也照出了“现代文明社会”的尴尬。茶花女一死，引得“法兰西折枯丁全巴黎最壮丽的花园里的花枝”(Jules Janin 语)，人们以她为谈资，仅为“佳人不再有”。她的精神，只靠小仲马的一本书传颂。那么戴妃呢？纵然也有 1 亿玫瑰的花费，也有传媒推波助澜大唱悲歌，然而，计算一下各大传媒由此而得的利润，你难道不心生疑问么——谁才是真正的得利者？别忘了，戴妃是被小报记者间接杀死的，她本身就是争名夺利的传媒大潮流的牺牲品！仅仅是传媒吗？我看未必，君不见步传媒炒作热潮的，还有大批粗制滥造的戴妃T恤、戴妃邮品、戴妃传记、戴妃光碟……茶花女走了，她毕竟还有小仲马的《茶花女》为她捍卫尊严，而戴妃呢？

读罢《茶花女》，我为玛格丽特哭了，想起戴安娜，我却再也哭不出。

苦行的修士

◎ （印度）泰戈尔

在森林的深处，苦行的修士紧闭着眼睛在苦苦地修炼：他想修成正果，进入乐园。

但是拾柴的始娘在衣裙里给他带来了果子，又用树叶做成的杯从溪流里为他取来了清水。

日子一天天地过去，他的修行变得愈加艰苦了，到后来他绝口不尝果子，也不喝一滴清水。拾柴的姑娘感到非常悲伤。

乐园里的上帝，听说有一个人居然胆敢希冀成为神灵。他曾经一次又一次地同他的劲敌泰坦们战斗，并拒之于他的王国之外；然而他惧怕一个具有忍受苦难的力量的人。

但是他值得凡夫俗子的解好，于是他计划用诱惑来引诱这个凡人放弃他的冒险行动。

从乐园吹来一口气，吻着那个拾柴姑娘的肢体，她的青春由于一阵突然迸发的美丽和快乐而感到痛苦，她的思绪也仿佛像蜂巢受到袭击的蜜蜂在嗡嗡作响。

苦修士要离开森林，到山洞里去完成他的严格的苦行的时候来到了。

当他睁开眼睛准备启程的时候，那个姑娘出现在他眼前，好似一首熟悉而已被遗忘的诗歌，因为新添了一种曲调而变得陌生了。苦修士从他的座上站起来，告诉她这是他离开森林的时候了。

“但你为什么要夺去我给你效劳的机会呢?”她眼眶里噙着泪水问道。

他重新坐下来，沉思了好久，便在原处留下来。

那天晚上，姑娘心里悔恨，一夜没有成眠。她开始害怕自己的力量，憎恨自己的胜利，但是她的内心却在狂喜的波浪之上颠簸摇荡。

到了早晨，她走到苦修士的面前，向他施礼，请他为她祝福，说她必须离开他。

他默默地望着她的脸，接着，他说：

“去吧，祝你如愿。”

多少年，他死自独坐，最后他的苦修功德圆满了。

众神之王从天上降临，告诉他已经赢得了乐园。

“我不再需要乐园了。”他说。

上帝问他希望得到的更大的报酬是什么。

“我要那个拾柴的姑娘。”

耐心等待

（德国）亨利希·施颇尔

一次，我为某事不得不等待，这时我想起了一个童话。

从前有个年轻的农夫，他要与情人约会。小伙子性急，来得太早，又不会等待。他无心观赏那明媚的风光、迷人春色和娇艳的花姿，却急躁不安，一头倒在大树下长嘘短叹。

忽然他面前出现了一个侏儒。“我知道，你为什么闷闷不乐，”侏儒说，“这颗钮扣，把它缝在衣服上。你要遇着不能等待的时候，只需将这钮扣向右一转，你就能跳过时间，要多远有多远。”这倒合小伙子的胃口。他握着钮扣，试着一转：怀念人已出现在眼前，还朝他笑送秋波呢！真棒嗳，他心里想，要是现在就举行婚礼，那就更棒了。他又转了一下：隆重的婚礼，丰盛的酒席，他和情人并肩而坐，周围管乐齐鸣，悠扬醉人。他抬起头，盯着妻子的眸子，又想，现在要只有我们

俩该多好！他悄悄转了一下钮扣：立时夜阑人静……。他心中的愿望层出不穷：我们应有座房子。他转动着钮扣：夏天和房子一下子飞到他眼前，房子宽敞明亮，迎接主人。我们还缺几个孩子，他又迫不及待，使劲转了一下钮扣：日月如梭，顿时已儿女成群。他站在窗前，眺望葡萄园，真遗憾，它尚未果实累累。反转钮扣，飞越时间。脑子里愿望不断，他又总急不可待，将钮扣一转再转。生命就这样从他身边急驶而过。还没来得及思索其后果，人已老态龙钟，衰卧病榻。至此，他再也没有要为之而转动钮扣的事了。回首往日，他不胜追悔自己的性急失算：我不愿等待，一味追求满足，恰如馋嘴人偷吃蛋糕里的葡萄干一样。眼下，因为生命已风烛残年，他才醒悟：即使等待，在生活中亦有其意义，唯其有他愿望的满足才更令人高兴。他多么想将时间往回转一点！他握着钮扣，浑身颤抖，试着向左一转，扣子猛地一动，他从梦中醒来，睁开眼，见自己还在那生机勃勃的树下等着可爱的情人，然而现在他已学会了等待。一切焦躁不安已烟消云散。他平心静气地看着蔚蓝的天空，听着悦耳的鸟语，逗着草丛里的甲虫。他以等待为乐。

悠悠寸草心

◎石　韬

日本一名牌大学毕业生应聘于一家大公司。社长审视着他的脸，出乎意外地问："你替父母洗过澡擦过身吗？""从来没有过。"青年很老实地回答。"那么，你替父母捶过背吗？"青年想了想："有过，那是我在读小学的时候，那次母亲还给了我10元钱。"

在诸如此类的交谈中，社长只是安慰他别灰心，会有希望的。青年临走时，社长突然对他说："明天这个时候，请你再来一次。不过有一个条件，刚才你说从来没有替父母擦过身，明天来这里之前，希望你一定要为父母擦一次。能做到吗？"这是社长的吩咐，因此青年一口答应。

青年虽大学毕业，但家境贫寒。他刚出生不久父亲便去世，从此，母亲为人做佣拼命挣钱。孩子渐渐长大，读书成绩优异，考进东京名牌大学。学费虽令人生畏，但母亲毫无怨言，继续帮佣供他上学。直到今日，母亲还去做佣，青年到家时母亲还没有回来。母亲出门在外，脚一定很脏，他决定替母亲洗脚。

母亲回来后，见儿子要替她洗脚，感到很奇怪：“脚，我还洗得动，我自己来洗吧。”于是青年将自己必须替母亲洗脚的原委一说，母亲很理解，便按儿子的要求坐下，等儿子端来水盆，把脚伸进水盆里。

青年右手拿着毛巾，左手去握母亲的脚，他这才发现母亲的那双脚已经像木棒一样僵硬，他不由得搂着母亲潸然泪下。在读书时，他心安理得地花着母亲如期送来的学费和零花钱，现在他才知道，那些钱是母亲的血汗钱。

第二天，青年如约去那家公司，对社长说：

“现在我才知道母亲为了我受了很大的苦，你使我明白了在学校里没有学过的道理，谢谢社长。如果不是你，我还从来没有握过母亲的脚，我只有母亲一个亲人，我要照顾好母亲，再不能让她受苦了。”

社长点了点头，说：“你明天到公司上班吧。”

人民英雄纪念碑

虞荣舜

所有历史的光明都汇聚在这里，所有先驱的信仰都铭刻在这里，所有无名的有名的英烈，正默默地接受人们的瞻仰和汇报。

清扫广场的吸尘车驰来了，换岗的警卫战士走来了，和乘客一起沉思的电车奔来了，让松柏作证的情侣和捧着鲜花的红领巾走来了……

站在你的面前，我默悼，我品读，不只是读碑文，也读着信仰、坚贞，读着开拓、崇高，读着源远流长的不屈的民族……

不该忘却的都镌刻在上面。风沙迷雾掩不住你最后的一抹微笑，雷击电轰折不弯你坚挺的身躯，骤雨大雪浇不灭你信仰的火炬。

呵，不眠的纪念碑！巍巍一柱，顶天立地，是你撑起了这高云的纯洁和平，是你奠基了这大地的坦荡芬芳。站在你的面前，我蓦地意识到：你才是真正的无畏的形象。

做一个大写的中国人，就得像你这样脊梁永远直立，思想永远昂扬，灵魂永不跪倒！

默默地，你耸立着，为明丽的天空奏一曲无声的浩歌，为初绽的花木捎去一个彩色的预言……

永恒的天职

◎ 王安雄

阅读每一个国家的国旗，每一面独树一帜的国旗上，都不约而同地高扬着最能牵引她们每一位国民心弦的图腾——爱国主义。

倾听每一种民族的语言，每一种音色各异的语言里，总能寻找到一个共同的至高无上的思想——爱国为荣。

这是一种可以穿透无论是东方无论是西方的任何一道国界的神圣力量，没有一个国家一个民族不推崇关切祖国报效祖国的人；

这是一束可以征服无论是伟人无论是平民的人类每一个热心赤胆的人的光辉，没有一个这样的人，不鄙视那种把个人的荣辱得失置放在祖国的成败兴亡之上的人。

热爱祖国，这是一种最纯洁、最崇高、最庄严的情感；忠于祖国，这是每一个人的最崇高、最宝贵、最永恒的天职。

哲学会说：爱国成大义；

史学会说：爱国铸史诗；

法学会说：爱国是本分。

祖国是一株参天的大树，爱国主义就是凝聚和滋润的万万千千绿叶的枝干。

只要枝干不枯，大树就会昂然而立。

祖国是一部宏伟的交响乐章，爱国主义便是衔接和调动她的所有音符和乐手的主旋律。

只要主旋律铿锵有力，交响乐就能演奏得气壮山河。

从古幽幽的历史走到蓝湛湛的今天，爱国主义永远是那轮美丽鲜亮在人类世界上空的太阳。日日，月月，年年，我们都需要她普照，都企盼她的雕塑。

我们有个响亮的名字

赵 冬

生活在一个拥挤的世界里，我们共同拥有一个响亮的名字。

这个名字诞生在那很遥远的年代，迅速蔓延于世界的角角落落。这个名字平凡且伟大，光荣又普通，说它平凡因为它时时刻刻都为一个信念而挥汗如雨；说它伟大因为它能创造出自身十倍百倍的价值；说它光荣因为祖国赋予了它一个深情的敬礼；说它普通因为我们就是它这支庞大队伍中的一个士兵。

在日新月异的日子里，我们的名字唱出了季节嘹亮的进行曲；在五彩缤纷的生活中，我们的名字描绘出了青春壮丽的风景；在洪水与火灾面前，我们敢用自己的血肉之躯筑起一条坚不可摧的巍巍长城。

奋战在高炉前，我们的名字与铁水钢花一样灼热；跋涉在田野里，我们的名字像稻海绿浪一样抒情，我们有诗人、艺术家一样会哭会笑的眼睛；我们有教师、护士一样知冷知热的爱心。

我们用自己的名字勾勒祖国的风采；我们用自己的名字浇铸起民族的骨架。我们骄傲，我们自豪，我们充实，我们富有，因为我们拥有一个响亮的名字——主人！

时　钟

(法国)波德莱尔

中国人能在猫眼里看到时辰。

有一天，一个传教士在南京城外闲步着，发现自己忘记带表，于是他问一个小孩子那时是什么时候。

天真的顽童起初犹疑着，随后，他高兴起来，回答道："我就来告诉你。"过不多久，他回转来了，怀里抱着一只很大的猫，他正面注视着它，毫不踌躇地断定道："现在还没有完全到正午。"他的话是没有说错的。

至于我呢，如果我像那漂亮的慧灵，那名字取得那么恰当，那女性的光荣，同时又是我的心的骄傲，我的精神的芳香的慧灵，俯下身子时，不论是在夜晚，或是白天，在辉煌的阳光底下，或是暗黑的阴影里，我始终在她那对可爱的眼睛的深处，分明地瞧出时辰，一种老是相同的，渺茫的，庄严的，和空间一样大的，没有分和秒的区别的时辰——一种在时钟上看不出来的，静止的，却又像一口气一般轻微，一闪眼一般迅捷的时辰。

当我的眼光落在这愉快的时钟面上时，如果有什么讨厌的人来打扰我，如果有什么无礼的，没有涵养的精灵，有什么时机不好的魔鬼跑来对我说："你这样聚精会神地在那儿瞧着什么？你在这人的眼睛里寻找什么？你在那里看到时辰吗，放荡而又怠惰的人啊？"我会毫不踌躇地回答："是啊，我看到时辰；那即是永恒！"

这不是一首确有价值的，并且和你本人一样夸大的情歌吗，太太？因为我绣造这篇矫饰的媚辞时，曾经那样高兴过，所以我绝不问你要什么来作交换。

你和我

苏　军

你和我，在不同的母胎里成长，却共同来到人世间，生活在一个世界里，这是你的缘分，我的福气；

但愿你是闪闪发光的启明星，能照亮我的前程；但愿我是烁烁生辉的星辰，能陪伴你的生活，这是你我的平等；

但愿你是钢轨上的枕木，能让我人生的列车畅通无阻；但愿我是大厦的基石，能让你事业的高楼平地拔起，这是你我的互助；

但愿你是知识的琼浆，能让我吮吸到人类理智文明的营养；但愿我是生命的摇篮，能让你安心地快快长大，这是你我的互给；

但愿你是锋芒毕露的利剑，我能佩服你的直率和阳刚；但愿我是柔中带刚的绷带，你能容纳我的委婉我的衷肠，这是你我的互谅；

但愿你是孜孜不倦的园丁，能让我享受到果实的芳香；但愿我是精湛高超的厨师，能让你品尝到人生的快慰，这是你我的选择；

但愿你是友谊的倾慕者，能让我深知人间纯情的可爱；但愿我是爱情的追随者，能让你了解世上的真诚，这是你我的奉献；

但愿你是我的朋友，而不是我的化身；但愿我是你的同伴，而不是你的偶像；

你和我，可以肩并肩，携手行进在两条平行线上，但愿不互相撞在狭路上；你和我，可以互相追逐，彼此竞争，但愿不吞没，诋毁对方；你和我，可以友好，互爱，但愿不成为附庸，彼此占有。

因为生活已带给你我共同的真谛；人与人应该是星和星的关系，彼此照耀，而不互相倾轧。

我们和祖国

◎ 江长胜

祖国，您与苍穹和阳光同在。大雁以整齐优美的队列，从南向北，又从北向南，把您辽阔的蔚蓝扑扇得格外安宁。

祖国，您在我们眼前。平原肥沃成绿、红、黄、紫的丰硕，大山厚实成铁、煤、铜、金的奉献，河水潇洒成多姿多彩的豪放，大道宽阔成弯曲越来越少的高速……

我们永远是您怀中心赤情深的儿女。曾经没大没小地幼稚过，终于懂得团结奋进；曾经没边没沿地幻想过，终于坚定刻苦实践；您的博大和厚爱，使我们感受到母亲般的温暖和力量，有时涌出激动的串串热泪。

我们永远是您眼中璀璨的星群。有的亮在风雪呼啸的边防之夜，有的耀在钎杆飞旋的井下掌子；有的在商潮起伏的大海闪烁，有的在谷穗辉煌的稻海辐射……无论远在天涯海角还是近在身前身后，您都给以无限的关注。

勤劳于您，我们用富裕转换那些贫困的山区和荒原；智慧于您，我们用科技腾飞那些大大小小的企业；忠诚于您，我们以高昂的头颅挺起炎黄子孙的志气。

啊，祖国！我们和您的情结，是人间最美好最永恒的情结。您在我们心中巍峨成固若金汤的圣土；我们在您的手掌上被珍爱成异彩夺目的明珠……

凝望夏季

◘ 凌　鹰

好些个夏日都是在迷迷糊糊中度过的。就在那样一种炽热而又模糊的人生境界中，这样那样的旧事也在如是的生命氛围里被我逐渐地悟透。虽然没有细心地留意过夏季的景色，但是，心灵中的许多事情却正是在这悄然的流逝中被夏日的阳光镀得日臻亮丽起来。

欲留心夏季的变幻，必定要让心灵沉入它的最深处，那里的风景才最真实诱人。

每每回到家园，我总是要被一种无限温馨的情愫严严实实地笼罩。于是，我就让自己整个的生命沉入这份温馨，并将目光分外专注地投入夏日的阳光或黄昏迷离的田园景色里。这时，心中的许多事情你都无须去想，只要你分外认真地投入你的激情，你就会透过夏季的阳光觅见许多你经历过的事情，其实都是生命中最美丽的轮回，那些曾经使你为之伤痛为之锁眉的往事，也会在这样的时分被灼热的阳光镀上一层十分厚重的色彩。于是，你会在如许的凝望中发现：你的生命往昔已在你的视域里呈现出一种古铜般的色泽，这是所有的色彩中最壮美最深沉最持久的色泽。在这样的时分里，田园是那样的生机勃勃，夏季的山野是那样的浓绿灵秀，夏季的河流是那样的宁静庄重，夏季的炊烟是那样的缠绵空灵，夏季的天空是那样的淡泊幽远……面对如是的夏季风景，不由你不将整个的你分外激越地置身其间，去体味你所凝望到的那份生命境界。

无论是清丽的晨时还是炎热的正午抑或是夕阳如血的黄昏，我总能随处读到我的父老乡亲们沾满夏日气息的背影。我感到我视域里的这一尊尊背影是那样的凝重酸辛，又是那样的强悍有力。我看到这些令我感到格外亲切的农民们投注给夏季的热情正被灼热的阳光蓬蓬勃勃地点燃，不由地联想到生存空间里许许多多不可言传的境况。这些在夏季风景中默默地劳作的农民们呵，我对他们所倾注的，是比夏日的阳光还要热烈的情愫，我感到他们才是真正地步入了夏季的最深处。

成　功

◎ 季羡林

什么叫成功？顺手拿过来一本《现代汉语词典》，上面写道："成功，获得预期的结果。"言简意赅，明白之至。

但是，谈到"预期"，则错综复杂，纷纭混乱。人人每时每刻每日每月都有大小不同的预期，有的成功，有的失败，总之是无法界定，也无法分类，我们不去谈它。

我在这里只谈成功，特别是成功之道。这又是一个极大的题目，我却只是小做。积七八十年之经验，我得到了下面这个公式：

天资+勤奋+机遇=成功

"天资"，我本来想用"天才"，但天才是个稀见现象，其中不少是"偏才"，所以我弃而不用，改用"天资"，大家一看就明白。这个公式实在是过分简单化了，但其中的含义是清楚的。搞得太烦琐，反而不容易说清楚。

谈到天资，首先必须承认，人与人之间天资是不相同的，这是一个事实，谁也否定不掉。十年浩劫中，自命天才的人居然大批天才。葫芦里卖的是什么药，至今不解。到了今天，学术界和文艺界自命天才的人颇不稀见，我除了羡慕这些人“自我感觉过分良好”外，不敢赞一词。对于自己的天资，我看，还是客观一点好，实事求是一点好。

至于勤奋，一向为古人所赞扬。囊萤、映雪、悬梁、刺股等故事流传了千百年，家喻户晓。韩文公的“焚膏油以继晷，恒兀兀以穷年”，更为读书人所向往。如果不勤奋，则天资再高也毫无用处。事理至明，无待饶舌。

谈到机遇，往往为人所忽视。它其实是存在的，而且有时候影响极大。就以我自己为例，如果清华不派我到德国去留学，则我的一生完全不会像现在这个样子。

把成功的三个条件拿来分析一下，天资是由“天”来决定的，我们无能为力。机遇是不期而来的，我们也无能为力。只有勤奋一项完全是我们自己决定的，我们必须在这一项上狠下功夫。在这里，古人的教导也多得很。还是先举韩文公。他说：“业精于勤，荒于嬉；行成于思，毁于随。”这两句话是大家都熟悉的。

王静安在《人间词话》中说：“古今之成大事业、大学问者，必经过三种之境界：

‘昨夜西风凋碧树，独上高楼，望尽天涯路。’此第一境也。‘衣带渐宽终不悔，为伊消得人憔悴。’此第二境也。‘众里寻他千百度，回头蓦见 (原词作“蓦然回首”——编者注)，那人正在，灯火阑珊处。’此第三境也。”静安先生第一境写的是预期。第二境写的是勤奋。第三境写的是成功。其中没有写天资和机遇。我不敢说，这是他的疏漏，因为写的角度不同。但是，我认为，补上天资与机遇，似更为全面。我希望，大家都能拿出“衣带渐宽终不悔”的精神来从事做学问或干事业，这是成功的必由之路。

开花的课桌

◎ 王连明

看看日历，知道已是春天，可走在户外，觉得风还是冬天的风，冰凉刺骨。太阳依旧病恹恹的样子，起伏的山，一片片的林子，全是灰蒙蒙的颜色，铅笔画似的，哪里有一丝春天的踪迹？有一天，我却意外地从学生的课桌上，发现了第一抹春痕。

学生在写作业，我在静悄悄的教室里巡视，蓦然看见，一个课桌的缝隙里，有一撮小草芽，用细细的白线娇娇地扎着。草芽针一样细，顶端嫩绿，往下是鹅黄，根部则嫩白。我站在那里端详了许久，心中一时有些感动。我相信，这是天地间的第一抹春色。在寒风料峭的二月里，在灰黄苍茫的天地间，发现这一抹淡到极致的春色，需要怎样的耐心和细心呀！也许只有灵秀的孩子们才能感觉得到。当孩子们采集到它时，一定十分快活，乃至大声地欢呼过。我捏起那一小撮纤细的草芽看了看，又插进桌面的裂缝里，坐在位子上的男孩，这第一抹春色的主人，仰脸望着我，笑了。

这以后，稍一留心，便天天可以从学生的课桌上，感受到春意的萌动和蔓延了。桌缝里，有一二截刚刚泛青或萌出芽苞的小树枝，三五朵小野花——那么小，白的似米粒，黄的、红的，像蜡笔上削下的碎屑。想这些鲜艳的粉末，该是二月的风荡来的春天的彩尘，细心的孩子发现了，便用小手指将它们拈起来，染在了他们的课堂上。终于有一天，我看见学生的课桌上，插了一枝迎春，枝条上是繁密的金色小花，如一串耀目的阳光。教室里，被映上了一层淡淡的暖意。

打碗花、紫地丁、黄地丁、映山红、葛花……学生的课桌上花事纷繁起来，演示着春天的进程。有些野花，我根本叫不出名字。一到春天，山里野花真是太多了，山坡上、田埂上、河边、路旁，到处都是。孩子们翻山越岭来学校，路上只要一弯腰，便能采一把在手里。这些山里孩子，有的还穿着露趾的鞋，穿着哥哥姐姐肥大的旧衣裤，他们无忧无虑地吹着柳笛，摇着手里的野花，沿着弯弯的小路跑着、跳着，到了学校，便把那花插在课桌上。有的孩子，还用细线把花枝绑在铅笔上，看上去，他像是捏着花枝在写作业了。花枝轻抚小脸，让人想不清，是花枝染红了小脸，还是小脸染红了花枝。

有一天，我迎着学生的歌声走进教室，看见我放着教科书的课桌上，也插了几朵野花。我的课桌最破，桌面上满是裂缝，循着纵横的缝隙，长满了青草、绿叶、小花。那课桌，仿佛是从春天剪下的方方正正的一块芳草地。我打开教科书，书页里也夹了几朵指甲般大小的紫色小花。我笑了，学生们也喜形于色。我没有说什么，便开始讲课。其实不必说什么，那一笑，已使师生的心沟通了，大家共守着默契。这一节课，上得格外好，学生始终情绪高昂。下课后，我拿起一枝开着淡紫色花朵的葛条，嗅了嗅，对学生说："真是春天了，连咱们的课桌也都开花了。"学生大笑，欢呼起来。这时候，一个调皮的男孩，指着一个女孩子说："老师，她也开花了！"我一看，可不，她的小辫子上，簪了一枝粉红的野花。学生们又是一阵击掌大笑。

在这开花的课桌间踱步，听着学生们那晴朗的笑声，我觉得，这教室该是春天的源头了。春天是从孩子们的身上产生，先染了他们的课桌，然后漫出窗子，染了山川。和孩子们在一起，就是和春天在一起。我想起了一位诗人的句子：

孩子是春天的另一种姿势。

生命的放飞

◎ 喻　菡

我常久望天空，期待纸鸢摇曳的身姿，期待硕大的太阳升起、期待深蓝背景里白的光点……

有一日，读卞卡的《壶口走笔》，深为壶口悬瀑“涌来万岛排空势，卷作千雷震地声”的气魄所震摄；刹那间，亚洲第一飞人柯受良成功飞越母亲河上壶口瀑布的一幕闪现于脑际。“飞”的意象融缩、放大、丰富，继而定格。诺亚方舟里放飞的生命——和平鸽回归了，衔着绿莹莹带水的橄榄枝。看芭蕾，舞者宛如天鹅行将起飞；听音乐，每个音符流动成扯向远方的飘带……

何止是我，整个人类二三百万年来，一直执著地追求“飞”的真谛。从最初的嫦娥奔月、敦煌飞天，到后来的宇宙飞船，随着人类思维空间的扩大，神话中的图腾不再是奢望。

飞的愿望一经实现，“飞”也就成了人类的使命。诗人希求阐释灵魂，画家想以笔墨丹青直接外化人格内核，音乐家意图捕捉每个音符的色彩，哲人们希望向未来投射正影……他们面对的许是银装素裹抑或多彩斑斓，许是落天飞瀑抑或风云叱咤，这些很能把人的性灵放飞推向极致，形成波澜。但文人、艺术家们又多苦难，贬职流放，不得不“独坐幽篁里”，“采菊东篱下”，浓睡残酒又岂消忧愁？只得感慨绿肥红瘦，春寒料峭。但他们又太多倔强，古道、西风、瘦马皆可入诗入画，无须装饰，灵魂即可得到最完全的表露。心胸里若被棉絮全全充塞着，飞展不开，绝无隽永细腻之奇葩。另有一种文人，比如范仲俺谪迁中还能出“衔远山，吞长江”的豪迈之语。不是心灵从功名利禄中挣脱出来，极力驰骋于山水之间，中国恐怕要少了一处胜景了。由此，孤独之人想要放飞，必得有了纪伯伦所说“整个地球都是我的祖国，全部人类都是我的乡亲”的胸怀，这样才能给生命以游刃有余的空间。切莫错过了太阳就哭泣，那样你还将失去群星。

其实放飞生命又何尝不是一种反叛呢？反叛外施的压力，反叛落后的性灵意识，而忠实于人类进步的洪流。群鸟飞往蓝天，要求挣脱地球引力的束缚。文艺复兴、启蒙思想也是冲破了层层浓雾而大放光彩的。爱因斯坦的相对论改变了科学的思维方法，以经典力学为支柱的科学家们，有的竟跑到森林里结束了奋斗的一生。结果当然解决不了任何问题，唯有挣脱固有的模式，才能求得解放和发展。因此，那种认为第一个吃了螃蟹是比亚当偷吃禁果更大的罪恶的方法，必不灵验了。又有一种本是会飞的生命爱在翅膀上坠满金铃，修剪羽毛以期精致，殊不知雄鹰的双翼一旦坠上黄金，便无法飞往苍宇了。蛾儿作茧自缚而后又咬破致密的网，人呢？

彤云在空中相撞而有闪电的出现、雷声的共响；也许，生命放飞期待的也是高空中的撞击火光、声声共鸣。

放飞我们的生命，也许高处不胜寒，也许远方很渺茫，也许我们要“被倾覆于人生的荆棘”，但我们无怨无悔。放飞，即使是黄昏，也必然布满歌唱的流霞。

放飞生命，犹若中国古建筑的飞檐，陡而复翘，又如振翮腾飞的羽翼，拍击于生命的源头。

我是一棵白杨树

柳 吉

我是一棵白杨树，我的心很直很直。

我不会掩饰自己，就像大山不掩饰丑陋的顽石，就像沙漠不掩饰裸露的仙人掌。

我是一棵白杨树，遇春风我就歌唱。遇上知己者，我宁可被化为柴薪烧掉，也不愿做支撑邪恶神殿的大梁。

我不会像葛藤，为了向上攀爬，不惜弯曲自己的尊严。

我不会学盆景，为了得到主人的青睐，不惜折断自己的脊梁。

我不是那令人尊敬的古柏，不论什么季节，什么气候，总是一种颜色，总是一种智者的深沉。

我不是那刚强的红梅，总是在严寒之中吐蕊，总是在风雪之中怒放。

我是一棵普普通通的白杨树，春天了，我就泛绿；晚秋了，我也枯黄。

我不会藏起自己的真实。生命的枝头，不开虚伪的花朵。岁月的年轮，没有扭曲的迎合。

因为我直，风便想折断我的追求；因为我直，藤条便想爬上我的肩膀。

我没有松树的坚贞，我没有竹子的虚心，我没有枣树丰硕的果实，也没有五月槐花的十里芬芳。

我是一棵白杨，我尊重每一个公正竞争的对手；我佩服每一位努力向上的同伴。我不会占领弱者的半寸空间，也不会抢夺小草的一缕阳光。

我就是我，一棵普普通通的白杨，一棵心直口快的白杨，一棵不能改变也不想改变的白杨。

心灵有约

李春海

尘世的浮华喧嚣浸染着洁净的心灵，快节奏替代了田园诗，忙碌霸占了闲情。人们都在辛勤工作。劳苦奔波，究竟为谁而忙，为何而去？

那个渔夫不在春光明媚的日子里出海捕鱼，却在沙滩上晒起了太阳，是那样的舒适而惬意。富翁与之对话，目瞪口呆地发现，像自己这般忙碌一生也只不过为了更舒坦地晒着太阳，而渔夫不是已经很幸福地晒着太阳了吗？

这个故事在实际生活中有很多非议。毕竟他们的生活质量是那么的不一样。但却告诉我们一个重要哲理：知足常乐。然而，生活中又有几个能做到呢？

人们都为各自的理想执着而去，夜以继日，痴心不改，却常常忘了留出相当的时间给予心灵，让自己与自己对话。生命往往就是在这样的无知中迅速走向衰老、枯竭的。到头来心有余而力不足，一切只能在眼前随风而逝。

你能抛下一切杂务同妻儿去公园散步，去听一场音乐会，去进行一项有趣的家庭游戏吗？

你能静下心来读一部名著，读一篇清丽的散文吗？

你能在墨香缭绕中静静地临摹碑帖吗？

留给心灵一片空间吧，并以温柔的阳光抚慰，清亮的水儿流淌，柔润的微风拂弄，让心灵接受洗涤与润泽。这样，你将会变得更青春，更美丽。

请赴一场心灵的约会。

报　秋

宗　璞

似乎刚过完春节，什么都还来不及干呢，已是长夏天气，让人懒洋洋的像只猫。一些人夏衣尚未打点好，猛然却见玉簪花那雪白的圆鼓鼓的棒槌，从拥挤着的宽大的绿叶中探出头来，我先是一惊，随即怅然。这花一开，没几天便是立秋。以后便是处暑便是白露便是秋分便是寒露，过了霜降，便立冬了。真真的怎么得了！

这花的生命力极强，随便种种，总会活的。不挑地方，不拣土壤，而且特别喜欢背阴处，把阳光让给别人，很是谦让。据说花瓣可以入药。还有人来讨那叶子，要捣烂了治脚气。我说它是生活上向下比，工作上向上比，算得一种玉簪花精神罢了。

我喜欢花，却没有侍弄的闲情。因有自知之明，不敢邀名花居留，只有时要点草花种种。有一种太阳花又名死不了，开时五色缤纷，杂在草间很好看。种了几次，都不成功。“连死不了都种死了。”我常这样自嘲。

玉簪花却不同，从不要人照料，只管自己蓬勃生长。往后院月洞门小径的两旁，随便移栽了几个嫩芽。次年便有绿叶白花，点缀着夏天秋初的景致。我的房门外有一小块地，原有两行花，现已形成一片，绿油油的，完全遮住了地面。在晨光熹微或暮色朦胧中，一柄柄白花擎起，隐约如绿波上的白帆，不知驶向何方。有些植物的繁茂枝叶中，会藏着一些小活物，吓人一跳。玉簪花下总是干净的。可能因气味的原故，不容虫豸近。花开有十几朵，满院便飘着芳香。不是丁香的幽香，不是桂花的甜香，也不是荷花的那种清香。它的香比较强，似乎有点醒脑的作用。采几朵放在养石子的水盆中，房间里便也飘散着香气，让人减少几分懒洋洋，让人心里警惕着：秋来了。

秋是收获的季节，我却是两手空空。一年、两年过去了，总是不安和焦虑中。怪谁呢，很难回答。

久居异乡的兄长，业余喜好诗词。前天寄来南宋词人朱敦儒的西江月：

日日深杯酒满，朝朝小圃花开，自歌自舞自开怀，无拘无束无碍。春史几番春梦，红尘多少奇才，不消计较与安排，领取而今现在。

我把“领取而今现在”一句反复吟哦，觉得这是一种悠然自得的境界。其实不必深杯酒满，不必小圃花开，只在心中领取，自得逍遥。

领取自己那一份，也有品味把玩、获得的意思。那么，领取秋，领取冬，领取四季，领取生活罢。

告别小屋

陈立志

我要走了。

小鸟不能永远地为绿茵重复单调的歌曲。人不能永远地眷恋昨天。我也不能永远地驻足于这小屋的门外。

缓缓地，我扣上了情感的柴扉，对我眷恋已久的小屋沉痛地告别。

——原谅我，好吗？我将不再打扰你了，我将重新挎起我空空的行囊，远远地走，像流浪汉那样，漂泊无定。

我将不再是一只恋巢的相思鸟，渴望拥有一个温暖的家；我将不再立足于这扇门外，做那个意境相同的永远的梦……

鸟有一个巢，蚂蚁有一个穴，而魂灵在漂泊时，则是多么地需要有一间小屋，有一间蔚蓝色的、柔和且恬静、温暖而透情的小屋啊！

没有小屋，那些在崎岖山路上探索着前行的孤魂岂不只能憩栖在莽莽的荆棘丛中？

没有小屋，那些贮存在泪水中的辛酸的故事岂不只能永远地湮没于痛苦的泪水之中？

没有小屋，那些被无情的现实撞得支离破碎的残梦怎能复圆？

没有小屋，那些酸痛的悲楚的凄凉的呜咽声将逝向何方？

没有停顿的跋涉是多么单调多么寂寞多么难耐的跋涉呀！

那些在干涩的风景线内艰难地前行着的旅人，那些被无尽的荆棘与利刃刺扎得鲜血淋漓的心，是多么地需要小屋，需要一间能够宽容地由着其哭，宽容地由着其笑的小屋呵！

漫漫无休止的漂泊旅途中，刚遇见小屋的那会儿，我禁不住愕然了：那娟秀的剪影，那洒脱的气质，那无怨的柔情如水的青春，不正是我一直在苦苦地寻觅苦苦地追求着的企盼么?!

早已厌倦了漂泊的疲惫的我，邂逅相遇到如此充满魅力的小屋，心不禁为之一颤！我忍不住慢下了脚步，驻足在这诱惑力十足的门前，举起我颤抖的手，满怀憧憬地轻轻地叩击……

小屋，我一见钟情的小屋，你是温暖的么？你愿意让一颗需要抚慰的魂灵栖息在此处么？

久久地，小屋没有回声。

痴痴地，我叩击着小屋的门。

茫然中，一个遥远的声音在我的耳畔响起：“你不能厌倦漂泊。你不能眷恋这所小屋。你如果拥有了这所小屋，你将永远无法继续你浪漫的旅程。何况，这所小屋根本不愿容纳你和你的心……”

的确，我不能做永远的叩门者。既然这扇门已被我叩了一千多个日日夜夜，仍不能容纳我的丝毫真情，仍没有给我半点容身之地，我何必永远在门外苦苦地期盼苦苦地哀求呢？既然这所小屋不是为我准备的，我就应该告别她远行——我不能白白地耗费我有限的生命，我还有我不尽的旅程呀！

真的，我要告别这扇门，告别这所小屋，去继续我的漫漫无休止的漂泊了。

昨昔的一切，都将化作色彩斑斓的鲜花撒落在我的身后，永远地芬芳、清馨，成为我生命之中最绚丽的部分。同时，遗憾也充斥了我的心：多少值得珍惜的痕迹竟被岁月模糊了，消逝在了风中，弥撒在了雨中。我仅能用我赤诚的心虔诚地珍藏起所剩下的那一部分。

我又挎起了我空空的行囊。

我将不再眷恋驿站中的所有的小屋！

我告别了眷恋着的小屋，沉沉地瞥一眼前方，挺起胸，重新踏上了茫茫的征途。

——用我如铅的双腿！

——用我凝重的心！

纸　船

◘　（印度）泰戈尔

我每天把纸船一个个放在急流的溪中。

我用大黑字把我的名字和我住的村名写在纸船上。

我希望住在异地的人会得到这纸船，知道我是谁。

我把园中长的秀丽花载在我的小船上，希望这些黎明开的花能在夜里被平平安安地带到岸上。

我把我的纸船投到水里，仰望天空，看见小朵的云正在张着满鼓着风的白帆。

我不知道天上有我的什么游伴把这些船放下来同我的船比赛！

夜来了，我的脸埋在手臂里，梦见我的纸船在子夜的星光下缓缓地浮泛向前。

睡仙坐在船里，带着满载着梦的篮子。

回眸人生

羊长发

人生的最大成功，不是目标的实现，不是事业的发达，而是能够勇敢地面对一切挫折和失意，并且能够跨越他。

卓有成就的人生固然是伟大的，然而如果人生充满荆棘坎坷并能走过它、战胜它，则是伟大之中的最伟大者。这样的人生，也会因为不同寻常的经历而具有无比悲壮的意味。

要永葆一种灵魂上的纯净，难。正因为难，所以才更显其珍贵。

人海茫茫，我只是怀着我赤裸的心，默默地沉思，默默地走。无数的往事飞逝，但逝去的只是岁月的光华。而在我的前方，依稀可见荆棘丛中一朵朵鲜花正迎风绽放……

幸福的柴门

◘ 石角山

假如通往幸福的门是一扇金碧辉煌的大门，我们没有理由停下脚步；但假如通往幸福的门是一扇朴素的简陋的甚至是寒酸的柴门，该当如何？

我们千里迢迢而来，带着对幸福的憧憬、热望和孜孜不倦的追求，带着汗水、伤痕和一路的风尘；沧桑还没有洗却，眼泪还没有揩干，沾满泥泞的双足拾级而上，凝望着绝非梦想中的幸福的柴门，滚烫的心会陡然间冷却吗？失望会笼罩全身吗？

我决不会收回叩门的手。

岁月更迭，悲欢交织，命运的跌打，令我早已深深懂得什么是生命中最值得珍惜的宝贝。

只要幸福住在里面，简陋的柴门又如何，朴素的茅屋又如何！幸福的笑容从没因身份的尊卑贵贱失去它明媚的光芒。我跨越山川大漠，摸爬滚打寻求的是幸福本身，而不是幸福座前的金樽、手中的宝杖。

幸福比金子还珍贵，这是生活教会我的真理。

春天的信息

管静媛

不知何时，书包中出现了圆圆的小镜子，喜欢对着它，将几缕被风吹散的黑发抚平，无意中发现镜中的自己已脱离了黄毛丫头的稚气，呈现出几分少女的韵味。

不知何时，已不满足于和布娃娃嬉戏，只觉热血在胸中沸腾，开始向往蓝天绿水，向往充满活力的大自然，向往不断改变的大千世界。

不知何时，喜欢和男孩子来往，喜欢他们的机智、勇敢，喜欢他们豪爽的笑声和海一般宽阔的胸怀。

不知何时，敏感得像在草原静静伫立的小鹿，周围的一切，一句话，一个微笑都会在心灵中留下不可磨灭的印痕。

不知何时，抽屉上了锁，抽屉里装着日记本，日记本中有着一些属于自己的小秘密。

不知何时，爱上了如烟的奇妙幻想和如梦的诗情画意。对着深蓝的夜空，幻想自己穿着洁白的裙子，飘着黑色的长发旋转，旋转……写了几首绵绵的小诗，签了思考了三个夜晚的柔柔的笔名。

不知何时，变得如此爱感动。当三月的阳光斜射进粉红的小房子时，我真正感受到了春天的气息已经降临。

过好每一天，幸福一百年

◘ 泰　尼

我们从来都不曾拥有明天，明天只是一种可能，只有当它变成今天，变成即将逝去的时刻我们才拥有它。我们说的那个“百年”其实是一天又一天简单相加的结果，它是今天、是此刻这个水杯一点点注入而成的时间的湖泊……

过好每一天，并不是因为这一天完了以后就会有豪华游轮的沉没，以及结冰的海面上生生死死的爱情。也许它只是我们在阴郁灰暗的雨天，看见从更灰暗的小巷里跳出一个穿红衣的小姑娘，眼前一亮的感觉，是归家的菜篮里那捆小菜青绿青绿的颜色，是鼓励女友述说往事倾听的眼神，是一阵清风拂面，是越过高压电线看一只鸟，甚至痛快淋漓地大哭一场……

对于一个真诚活着的人，过好每一天，像爱，它不是一个名词，而是一个动词。美好的未来。

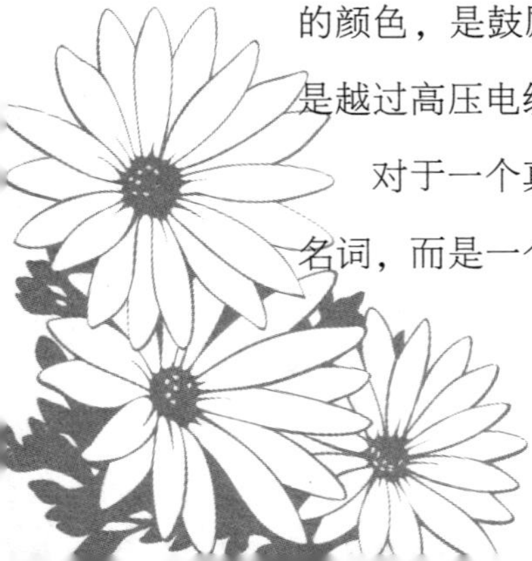

想我的“青春”是朝气蓬勃还是垂头丧气，新的一年新的历程，我该以怎样的姿态走下去？

新的一年，我在想，我在想……

思念·希望

徐国文

望着这苍茫的云海，无论是云，还是雾，都在不停地飘动，飘动着一种古老的情思。

越过山窝，站立在山的这边，眺望前方。此时的情，托起我的遐思：层层山峦，似航船破浪，驶向远方，朝阳下，是一片金光闪烁的海洋。

跳，再跳，东方的太阳在跳动！人间的希冀在跳动！

多少日月星辰，总在我的身旁升起，又悄然落去。曾经，我想抓住它，将它留住。然而，星月的纯真，朝阳蓬勃，总在未散的乌云中隐匿。留下的情，仅能让我在心中默默地思念……光芒。

生命是短暂的，也是漫长的，无边的岁月磨砺出生命的殷实，沉甸的收获埋藏着耕耘的喜悦。

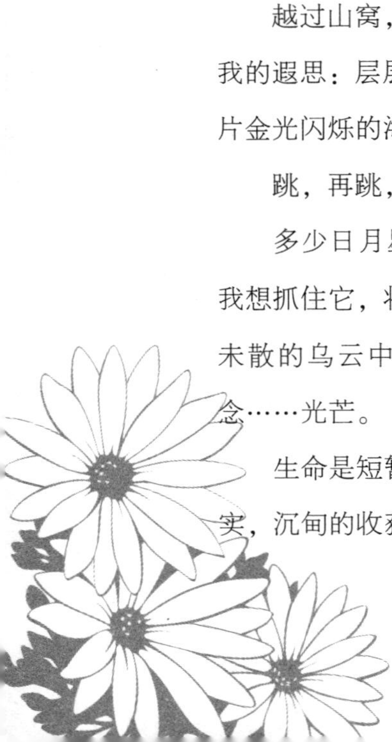

交织着痛苦和希望；汇聚着平淡与灿烂，生命中的浮华与落花终将随着一绺流水而远去。我赞美过生命的粲然；讴歌过生命的浪漫；诅咒过生命的喧嚣珍藏过生命的嫣红。人的生命毕竟只有一次，苦心营造的辉煌是一种不落俗的平淡。深及生命的记忆，使我们活得那般充实，那般灿烂。感悟生命，使我在一次又一次的企盼里找到那份热情和率真，并将深刻地留在我的回忆里。

心留余白

◎ 吴云榕

很长一段时间，总觉得日子在浑浑噩噩中过去，处在这纷杂喧嚣的世界里，总是被现实的悲喜鞭驱着前行。蓦然回首的一刹那间，我发觉，为何不寻找另外一个自由的空间——可以安安静静地呼吸新鲜的空气？为何不在心中留下一片空白——可以独享心有余白的感觉？

细细咀嚼昔日走过的感觉，或者什么都不想，让那颗超载的心，留有一分余白。就好像一幅水墨丹青，过分拥挤的构图，不会使人有美的遐想，只有融身于宽宽的天地留白之中，才会使人倾倒于有分寸的美丽。

在匆忙的一生中，若未曾领略过内心纤尘不染的洁丽，的确是一种遗憾。所以，我们应该学会不时在岁月中沉静下来，坐在树荫下，而不是急着赶路，或者被某一种情绪所主宰，这是人生短暂的中断，而不县隐逸！

心留余白，将使你于宁静的休憩之后，带着一种宽容、超然、含蓄的态度，在生命的道路上继续走下去……